Le LIVRE de POCHE

Jeunesse

LA VIE À RECULONS

Du même auteur dans
Le Livre de Poche Jeunesse

La bibliothécaire
Après vous, M. de La Fontaine
L'envers du décor
Le château des chiens perdus
Le jour où Marion devint un lapin
Un bout de chemin ensemble
T'es une sorcière, maman ?
L'immigré
Barbès Blues

GUDULE

LA VIE À RECULONS

Illustrations :
Robert Diet

HACHETTE Jeunesse

À Super-Ludo

Prologue

« Encore merci de votre compréhension », dit la jeune femme en s'apprêtant à sortir du bureau du principal au bras de son mari.

Elle a les yeux d'un bleu intense, lumineux, couleur fonds sous-marins. Le fin treillis de rides qui les souligne précocement détonne dans son visage encore juvénile. Ces yeux-là ont beaucoup pleuré. Ils sont restés ouverts dans le noir durant des nuits et des nuits d'insomnie, à ressasser leur angoisse, leur révolte, des questions auxquelles rien ni personne ne peut répondre : pourquoi lui ? pourquoi MON enfant ?

« Ne vous tracassez pas, répond doucement le principal, je préviendrai ses professeurs ce soir, en réunion. Et vous pouvez leur faire confiance, le secret sera bien gardé. »

La mère a un sourire de reconnaissance navrée :

« Nous avons beaucoup réfléchi, son père et moi, avant de prendre cette décision. Elle est le fruit de douloureuses expériences. Jouer la carte de la transparence, plus jamais ! Vous n'avez pas idée de ce que cet enfant a enduré !

— Son médecin traitant est de notre avis : cacher son état à ses compagnons de classe est la meilleure solution. Ainsi, nous éviterons toute curiosité déplacée, toute ségrégation. Les jeunes sont si inattendus, dans leurs réactions, et parfois si cruels ! »

Le principal hoche la tête sans rien dire. La détresse de ce couple lui va droit au cœur.

« Il redouble sa quatrième, reprend le père. L'année dernière a été très éprouvante pour lui, tant moralement que sur le plan scolaire. Si nous voulons que, cette fois, tout se passe bien, autant mettre toutes les chances de notre côté.

— Je suis de votre avis : l'état de santé de Thomas ne regarde pas ses condisciples, il suffit que le personnel enseignant en soit informé », répond le principal.

Il tend la main au père, qui la lui serre longuement, puis à la mère.

« C'est une situation délicate, soupire-t-elle.

— J'en suis conscient, et je vous soutiens du fond du cœur ! » affirme le principal avec toute la chaleur requise.

1

Sous un soleil de mi-septembre encore estival, la petite ville de banlieue se donne des airs de station balnéaire pour rire.

« Salut ! » s'écrie Elsa du plus loin qu'elle aperçoit Mélanie.

Jeans déchirés suivant la mode teenager, tee-shirt immaculé, cheveux très courts sur un petit visage pointu, Elsa fait plutôt grand gamin que jeune fille. D'autant que les vacances l'ont repeinte en caramel et qu'une mèche plus longue que les autres, blondie à l'eau oxygénée, lui chatouille espièglement le bout du nez.

Les deux adolescentes se jettent dans les bras l'une de l'autre. Ces retrouvailles sont le principal charme de la rentrée scolaire. C'est qu'elles en ont, des choses à se raconter, après deux mois de séparation !

« T'as un bronzage d'enfer ! admire Mélanie avec une pointe d'envie, où as-tu été ?

— En Corse, et toi ? »

Derrière ses lunettes cerclées de rouge, les yeux de Mélanie, aussi fauves que son abondante tignasse, étincellent de fierté :

« Au Canada, chez mon oncle.

— Génial !

— On habitait en pleine forêt, près d'une réserve indienne. Tu aurais vu les mecs ! Super-mignons ! »

Mimique gourmande de presque femme que les mécanismes de la séduction commencent à travailler et qui découvre, avec une naïve convoitise, les attraits de l'autre sexe.

Une centaine de filles et garçons entre onze et seize ans, harnachés de sacs à dos multicolores, les habits suspectement propres, sont agglutinés aux abords du collège.

« Qu'est-ce qu'il y a comme nouveaux ! remarque Elsa, interrompant la description, combien savoureuse pourtant, des jeunes Iroquois du bord de l'Ontario.

— Surtout des petits de sixième ! »

Ce sont les plus reconnaissables : ils bousculent tout le monde, jouent des coudes, rient trop fort. Mais ils apprendront vite à rester à leur place. S'ils avaient, en primaire, l'enviable statut de « grands », il n'en est plus de même ici. Ils se retrouvent en bas de l'échelle, et leurs aînés se chargeront de le leur rappeler sans ménagement, au cas où ils se montreraient trop effrontés.

« Vise celui-là ! chuchote soudain Mélanie, martelant d'un coup de coude les côtes de sa copine.

— Pas mal ! Tu crois qu'il est dans notre classe ? »

Geste d'ignorance de Mélanie.

« Quel âge tu lui donnes ?

— Au moins quinze ans. Tu as remarqué la couleur de ses yeux ? »

Avec ferveur, Elsa fait « oui » de la tête. Le Grand Bleu, ni plus ni moins.

Dépassant ses condisciples d'une bonne tête, le propriétaire de ces yeux-là a une allure à faire craquer les filles : coupe de cheveux années cinquante, pull camionneur aux manches nonchalamment retroussées, pantalon de jogging, grosses baskets. La décontraction et le charme des héros de séries télé dont raffolent les ados, et auxquels ils s'identifient.

« J'en ai la chair de poule ! » susurre Elsa, tandis que la cloche sonne.

« La quatrième 1 », par ici ! clame une voix forte dominant le brouhaha.

C'est celle d'un homme entre deux âges, portant un collier de barbe grise, et vêtu, malgré la chaleur, d'un complet de velours entrouvert sur un polo noir.

« Flûte, on a Giraudeau comme prof principal », se lamente Mélanie.

Au-dessus de ses lunettes, ses sourcils, froncés en accents circonflexes, dessinent deux ôô consternés.

« Il a l'air chouette, pourtant, constate Elsa en détaillant le personnage. On dirait un vieux baba-cool !

— Ne t'y fie pas, c'est une peau de vache ! Mon frère l'a eu l'an passé. Dès qu'un élève bronche, crac, la colle ! Et son truc, tu sais ce que c'est ?

— ... ?

— Il donne des listes de verbes à conjuguer à l'imparfait du subjonctif. Vicieux, non ?

— Tu parles !

— D'ailleurs, ceux de troisième l'ont surnommé "Subjonctif". Je crois qu'on ne va pas rigoler tous les jours, avec ce type ! »

Sans se lâcher d'une semelle, elles se glissent dans le rang qui se forme vaille que vaille.

« Un peu de silence, s'il vous plaît ! réclame M. Giraudeau en frappant dans ses mains. Je vais faire l'appel. »

Aussitôt, les bavardages cessent. La lecture des noms est toujours un moment important. De la composition de la classe dépend, en partie, le déroulement de l'année future, son atmosphère plus ou moins bonne, son pourcentage de réussites et d'échecs.

« Flûte, pense Elsa, Cédric et Sylvain ! Ces deux-là, je peux pas les supporter. Ils n'auraient pas pu aller dans une autre quatrième, ou même redoubler, pour qu'on en soit débarrassés ? C'est le genre à bousculer les nanas, à faire courir des bruits, à se moquer si on porte une fringue un peu originale ou si on discute deux fois de suite avec le même mec. Et je parie qu'on a droit à Mehdi aussi... Qu'est-ce que je disais ? Les Pieds Nickelés sont réunis ! Il va encore falloir les supporter pendant un an... »

Gloussement de joie de Mélanie, à côté d'elle :

« Chic, Xavier est chez nous !

— Et Naïma, et Willy !

— Et Cendrine. T'as vu, elle a encore grossi ! »

Des signes de connivence s'échangent d'un bout à l'autre de la file. Ceux qui ne figurent pas sur la liste se séparent à regret de leurs copains, et partent à la recherche du groupe que d'impénétrables décisions administratives leur ont attribué.

« Thomas Dunoy ! clame Subjonctif, imperméable à ces remous.

— Présent. »

Elsa se prend un coup au cœur : c'est « le Grand Bleu » qui vient de répondre. Elle lance un regard radieux à sa copine, mais celle-ci ne partage pas son enthousiasme :

« Regarde, il a déjà commencé à fricoter avec Cédric ! »

À croire que les « frimeurs » ont des antennes, pour se reconnaître entre eux ! Les Pieds Nickelés ont attiré le nouveau comme un aimant.

« Ça promet ! » soupire Elsa, déçue.

Une exclamation étouffée interrompt l'appel. Un désordre imprévu agite le dernier tiers du rang.

« Que se passe-t-il, là-bas ? s'enquiert sévèrement M. Giraudeau.

— Sylvain m'a filé un coup de pied ! » proteste Cendrine en frottant son mollet.

Sylvain fait sa grimace d'erreur judiciaire (jouer les innocents accusés à tort est sa spécialité), et se tourne vers Mehdi qui le suit :

« C'est pas moi, m'sieur, c'est lui !

— Pas vrai, c'est Cédric ! »

Et comme le professeur s'avance vers ce dernier pour tirer les choses au clair :

« C'est Thomas ! accuse Cédric avec une feinte candeur. Il m'a donné un coup de pompe et il m'a dit : "Fais passer !" »

Un éclat de rire général accueille sa repartie. M. Giraudeau toise le nouveau, dont le petit air ironique en dit long.

« Forte tête, hein ? » constate-t-il.

L'année commence bien ! Ce garnement-là, il le sent, va lui donner du fil à retordre ! Mieux vaut séparer tout de suite le bon grain de l'ivraie !

« Venez avec moi ! » ordonne-t-il.

Et, arrachant Thomas à l'influence néfaste des Pieds Nickelés, il l'installe à côté d'Elsa qui rougit de contentement.

2

Chouette idée, de mettre la rentrée un mardi ! Ça permet aux élèves de se réhabituer progressivement au rythme scolaire. Le mercredi qui suit est comme un sas de sous-marin : entre la fantastique liberté des grands fonds et les contraintes de l'intérieur, les plongeurs ont besoin d'une zone intermédiaire pour enlever leur équipement et reprendre haleine.

Onze heures. Mélanie, réveillée depuis peu, petit-déjeune au ralenti. C'est l'occasion pour elle de pratiquer toutes sortes d'expériences passionnantes, favorisées par l'indolence du demi-sommeil. La tartine qui s'enfonce dans le bol de café au lait, par exemple, la fascine : le beurre, en fondant, forme des ronds dorés qui flottent à la surface comme des nénuphars précieux. Le soleil, entrant à flots par la fenêtre de la cuisine, y miroite tant qu'il peut. Encore un petit effort et il s'y décomposera en un prisme de toutes les couleurs. Un café arc-en-ciel, voilà qui serait agréable, pour débuter la matinée !

La sonnerie du téléphone fait éclater sa bulle de rêverie.

« Allô ?

— Bonjour, c'est Elsa. J'ai un bouquin à prendre à la bibliothèque, tu viens avec moi ?

— Je ne suis pas encore habillée !

— S'il te plaît... J'ai pas envie d'y aller seule.

— Bon, d'accord !

— Ah, merci ! Grouille-toi, je passe te prendre dans cinq minutes ! »

Quelques instants plus tard, les nénuphars dorés calés dans l'estomac, Mélanie saute dans ses habits de la veille (en chercher d'autres prendrait trop de temps !), brosse en vitesse sa crinière acajou, enfile ses tennis. Solidarité oblige !

Pour se rendre à la bibliothèque, il faut traverser le square Jules-Vallès. Or, c'est le territoire des « Zoulous ». Ceci explique les réticences d'Elsa et son besoin de renfort : mieux vaut être à plusieurs pour se risquer dans ces lieux malsains où sévit la « pègre » !

Leur chef, Frankie dit « Cas Social », a déjà eu maintes fois maille à partir avec les flics, pour vandalisme, vol à l'étalage, et même coups et blessures. Il est très fier de sa réputation de casseur et fait ce qu'il peut pour l'entretenir. Admiré par les uns, détesté ou craint par les autres, il règne en dictateur sur les pires cancres du lycée technique, en particulier Mourad, son bras droit, et Jojo l'Édenté.

Ce dernier doit son surnom à ses incisives brisées au cours d'une bagarre. Sa mère, femme de charge à la maternelle, ne les lui a pas fait remplacer, faute de moyens. Résultat : quand il parle, il zozote, et même postillonne. Cette disgrâce l'a complexé et rendu d'une susceptibilité extrême. Pas question de s'y frotter quand il pique sa crise : il est taillé en athlète et capable d'assommer un bœuf d'un coup de poing. Cas Social l'utilise dans les opérations kamikaze contre les bandes adverses, car l'Édenté lui est dévoué corps et âme et obéit aux ordres sans se poser de questions.

Le quartier général de ceux-là, c'est le banc. D'un joli vert bouteille à l'origine, et pourvu, selon la mode rétro, de pattes de chien en fer forgé, ce meuble urbain est aujourd'hui couvert de tags et incisé à l'Opinel. Il ressemble aux marges d'un cahier de textes mal tenu. Au milieu des signatures à répétition, tous les ragots du quartier s'y trouvent inscrits en vrac : cœurs comportant deux initiales enlacées puis barrées avec rage quand la romance s'achève, insultes, propositions salaces, bonshommes aux entrejambes hypertrophiés, portant les noms des profs et des riverains...

C'est ici que les Zoulous se retrouvent les jours de congé, et quand ils sèchent les cours. Cigarettes au bec, une provision de Coca à portée de la main, ils commentent les allées et venues, en particulier celles des filles. Dans le meilleur des cas, la présence de ces dernières est saluée par un concert de sifflements et de grasses plaisanteries, dans le pire on leur barre la route en réclamant des « smacks » comme droit de passage.

Ce matin, les Zoulous sont en pleine forme. À peine Elsa et Mélanie ont-elles montré le bout de leur nez, que les commentaires fusent :

« Alors, les nanas, on vient se faire cajoler ? » leur crie Frankie d'une voix éraillée.

S'il y a une chose qui met Elsa hors d'elle, c'est bien ce genre de veulerie sexiste !

« Fiche-nous la paix ! » répond-elle en pressant le pas.

Cas Social n'aime pas qu'on l'envoie promener,

surtout quand on mesure un mètre soixante et pèse, à tout casser, quarante kilos.

« Non mais vous entendez comment elle me cause, cette demi-portion ? » dit-il à ses acolytes.

Ceux-ci n'attendaient que ce signal pour réagir :

« On va t'apprendre la politesse, cocotte ! annonce Mourad.

— Excuve-toi ou on f'occupe de toi ! » renchérit l'Édenté, roulant des mécaniques.

Elsa et Mélanie se regardent, inquiètes.

« Qu'est-ce qu'on fait ? chuchote cette dernière, déjà prête à rebrousser chemin.

— On fonce ! » répond Elsa qui ne capitule jamais devant l'ennemi.

Elle serre les poings et, d'un pas décidé, poursuit son chemin.

« Fais attention, ils mordent ! » la prévient Mélanie, de plus en plus mal à l'aise.

Trop tard : les quatre-vingts kilos de l'Édenté se dressent devant l'audacieuse.

« Laisse-moi passer, gros lard ! » s'énerve Elsa, oubliant toute prudence.

On dirait un moineau affrontant un matou !

« Comment tu m'as appelé ? » grince Jojo, menaçant.

Mélanie se précipite entre eux :

« Hé, touche pas ma copine ! » proteste-t-elle.

Puis se tournant vers Frankie (il vaut mieux s'adresser au Bon Dieu qu'à ses saints !) : « Dis-lui de nous laisser tranquilles ! »

Cas Social fait celui qui n'est pas concerné :

« Débrouillez-vous entre vous, c'est pas mes oignons ! Elle n'avait qu'à pas insulter l'Édenté, cette idiote ! Quand on fait une bêtise, faut savoir en assumer les conséquences ! »

Et il crache par terre d'un air méprisant.

L'affaire commence à tourner mal. L'Édenté empoigne Elsa par le bras, celle-ci se débat et lui retourne un coup de pied. Mélanie vole à sa rescousse mais est arrêtée dans son élan par Mourad, qui l'attrape par ses boucles de renarde.

« Bas les pattes, salaud ! » braille-t-elle.

Elle se dégage, le toise avec toute la perfidie dont elle est capable :

« C'est pas en tirant les cheveux des filles qu'on arrive à sortir avec ! »

Cette réflexion met le feu aux poudres : il est de notoriété publique que Mourad la drague, et qu'elle le fuit comme la peste.

« Je vais te régler ton compte, la rousse-qui-pue ! vocifère le garçon, piqué au vif.

— Olé ! » l'excite Frankie en levant sa canette comme pour arbitrer une corrida.

Soudain :

« Arrêtez immédiatement ! » fait une voix autoritaire derrière eux.

D'un même élan, les combattants se retournent. Les coups, prêts à partir, se figent. Juste à temps !

Jaillissant de la bibliothèque, une jeune femme s'approche d'un pas rapide. Elle est manifestement très en colère.

« Vous trois, fichez-moi le camp d'ici ! » crie-t-elle à l'adresse des Zoulous. Et comme ils font la sourde oreille : « Si dans trois minutes vous n'avez pas plié bagages, j'appelle la police. Vous ne direz pas que je ne vous ai pas prévenus ! »

La nouvelle venue n'a pas plus de trente ans. Natte sombre tordue entre les omoplates, chemisier blanc, blue-jean, visage aimable malgré les circonstances, elle respire la sympathie. C'est Laurence, la bibliothécaire. Une sorte de grande sœur pour tous les jeunes du quartier, toujours prête à filer un coup de main pour un devoir difficile, à écouter une confidence, à intervenir en cas de litige afin d'apaiser les tensions.

« On ne faisait rien de mal... », proteste mollement Cas Social.

Elsa, que l'Édenté s'est empressé de relâcher, lui fait front avec véhémence :

« Sale menteur ! s'écrie-t-elle encore toute tremblante, vous vouliez nous empêcher de passer ! » Se tournant vers Laurence : « C'est insupportable : chaque fois qu'on a besoin de bouquins, faut se coltiner ces crétins ! Pas étonnant que plus personne n'ait envie de lire !

— Ils étaient sur le point de nous casser la figure ! précise Mélanie, remettant de l'ordre dans sa coiffure.

— Bravo, les durs ! Vous pouvez être fiers de vous ! reprend Laurence, cinglante. Il faut un sacré courage pour agresser des filles, plus jeunes que vous de surcroît ! Je serais vous, je m'en prendrais directement aux gosses de maternelle !

— Bonne idée ! persifle Cas Social.

— Toi, Frankie, tu ferais mieux de te faire oublier ! Tu sais ce qui te pend au nez, le commissaire t'a prévenu : à la prochaine récidive, c'est le centre de redressement. Et je te rappelle que si je n'étais pas intervenue en ta faveur après l'histoire des essuie-glaces cassés, tu y serais déjà ! Je commence à regretter de t'avoir fait confiance !

— Si on ne peut même plus s'amuser... », laisse tomber Cas Social en s'éloignant.

D'un coup de pied vengeur, il shoote dans sa canette, puis se retourne, grommelle une injure entre ses dents. Laurence feint de ne pas entendre et, s'adressant aux deux autres Zoulous :

« Quant à vous, continue-t-elle, je ne vous félicite

pas : vous lui rendez un bien mauvais service, à votre ami. Tout seul, il se tient à peu près tranquille, mais avec vous derrière, il est capable de tout. Il risque gros, tâchez de vous fourrer ça dans la tête ! S'il se retrouve en taule, ce sera votre faute ! » Puis, embarquant les filles, un bras autour de chaque épaule : « Chapitre clos, conclut-elle. Qu'est-ce que vous cherchez, comme livre ? »

3

L'incident ne tarde pas à faire le tour du collège.

« C'est vrai que tu t'es fait agresser ? » glisse Thomas à Elsa, pendant le cours de math.

Elsa confirme, raconte par le menu ses déboires de la veille, avec une pointe d'exagération.

« Tu aurais vu comment cette brute de Mourad a tiré les cheveux de Mélanie ! J'ai cru qu'il allait les lui arracher ! »

Leur banc se trouve près de la fenêtre. De cette place privilégiée, on peut apercevoir la rue piétonne avec ses commerçants : boulangerie, quincaillerie, primeur, et en se penchant un peu, le square Jules-

Vallès, à droite. En fond, les tours de la cité des Hirondelles, où habite Elsa.

« C'est là que ça s'est passé ? se renseigne le Grand Bleu, montrant les arbres dont le feuillage, malgré le beau temps persistant, commence à jaunir imperceptiblement.

— Évidemment, les Zoulous squattent le parc à longueur de journée ! À croire qu'ils ne vont jamais en classe !

— Ils t'ont fait mal ?

— Pas vraiment, parce que Laurence est arrivée à temps. Mais j'ai quand même une marque sur le bras, tellement l'Édenté m'a serrée ! »

Elle relève la manche de son sweat, cherche une ecchymose, n'en trouve pas. Inspecte plus haut. En s'y mettant à deux, ils finissent par repérer une vague trace.

« Ne vous gênez surtout pas ! les apostrophe Mme Reine, la prof de math. Nous ne sommes pas en cours d'anatomie ! »

Cédric, qui n'attendait que l'occasion de faire le pitre, braille, hilare :

« Il lui cherche les grains de beauté !

— Les poils, rectifie Mehdi aussitôt.

— Les puces ! Les poux ! reprend le reste de la classe en chœur.

— Arrêtez de dire n'importe quoi, vous voyez

bien qu'il l'emballe », déclare Xavier avec un clin d'œil à Mélanie.

Il n'en faut pas plus pour qu'un joyeux chahut s'enclenche. À coups de règle, Mme Reine martèle son bureau pour réclamer le silence.

Elsa, qui s'est empressée de rabaisser sa manche, pique du nez dans son cahier pour cacher sa honte. Thomas, par contre, ne se démonte pas :

« Elle me montrait juste son tatouage ! » dit-il, très haut.

Le charivari s'accentue :

« Elle a un tatouage ? s'étonne Sylvain. Qu'est-ce qu'il représente ?

— Ta mère avec un chapeau de clown ! » lui jette le Grand Bleu.

Hurlements de rire dans la classe. Ahmed, le champion du cri animal, miaule, aboie, caquette et hennit à tue-tête.

« Ça suffit ! s'emporte Mme Reine. Le premier que j'entends encore sera collé mercredi prochain ! »

La menace a un effet magique : en moins de temps qu'il ne faut pour l'écrire, la classe retrouve son calme.

« Quant à vous, poursuit-elle, s'adressant à Thomas, venez donc vous asseoir au premier rang, que j'aie l'œil sur vous !

— Encore ? Ça devient une habitude ! proteste le garçon. En deux jours, c'est la seconde fois qu'on me fait changer de place ! »

Il rassemble ses affaires, jette un dernier regard à Elsa :

« Dommage », murmure-t-il.

Est-ce la fenêtre qu'il regrette, ou... sa voisine ?

« Dépêchez-vous ! le houspille Mme Reine.

— Voilà, voilà », répond Thomas, en rejoignant Willy sur le banc de devant.

Pensivement, Elsa le suit des yeux. Elle a comme du miel dans le cœur.

À la récréation suivante, les Pieds Nickelés au grand complet tiennent conseil dans un coin de la cour, à l'ombre du vieux marronnier.

« Faut leur régler leur compte, à ces crapules, sinon ils vont recommencer ! » les exhorte Thomas.

Les autres sont plutôt réservés :

« Tu ne connais pas Cas Social, ça se voit ! dit Cédric. Tu n'es pas le premier qui veut t'attaquer à lui : c'est parce que tu viens de t'installer. Quand tu auras vécu quelque temps chez nous, tu comprendras qu'il vaut mieux t'écraser !

— Ce mec-là, c'est pas une mauviette ! renchérit Mehdi.

— Sans compter les deux autres, intervient Sylvain. L'Édenté, il te pulvérise en moins de deux, avec ses paluches de boxeur ! Un vrai rouleau compresseur : tu tombes entre ses griffes, tu n'en sors pas vivant !

— Et Mourad, il n'a l'air de rien, reprend Cédric, mais c'est le roi du coup de vice ! L'année dernière, il a coincé Willy dans le parking de sa cité, et avec Cas Social ils lui ont fichu une telle raclée qu'il garde encore des cicatrices. Trois points de suture, il a fallu lui mettre. Et tu sais pourquoi ? Parce que Willy les avait surpris en train de soûler un chat et qu'il avait voulu le défendre.

— Je suis sûr que tu exagères !

— Pas du tout, d'ailleurs tu n'as qu'à demander à Willy. Hé, Willy, viens ici ! »

L'interpellé accourt.

« Raconte-leur ce que t'ont fait les Zoulous ! »

Willy est ivoirien. Depuis le CP, il est premier de classe. Sa gentillesse est proverbiale. Ses jours de congé se passent à promener ses frères (trois petits bonshommes à casquettes que tout le monde surnomme Riri, Fifi et Loulou) et à nourrir les animaux errants. Plus tard, il veut devenir vétérinaire et retourner en Afrique pour y étudier la faune des savanes.

Complaisamment, il écarte la masse compacte de

sa chevelure. Au-dessus de la tempe, une marque brunâtre apparaît.

« Ça pissait le sang, il y en avait partout ! commente-t-il. Les blessures à la tête sont toujours très spectaculaires, à cause des vaisseaux capillaires qui irriguent le cuir chevelu. N'empêche, j'ai tout de même passé une demi-journée à l'hôpital, et j'ai dérouillé quand ils m'ont recousu !

— Qu'est-ce que tes parents ont fait ? demande Thomas.

— Rien du tout : mon père est mort et ma mère ne veut pas d'histoires... »

Le Grand Bleu n'en revient pas :

« Vous n'allez tout de même pas vous écraser comme des serpillières devant ces types ?

— Ils sont plus âgés que nous, plaide Mehdi.

— C'est des troisièmes et même des secondes, renchérit Cédric. Et comme la plupart ont redoublé, ils ont dix-sept, dix-huit ans. On ne peut rien contre eux !

— Mais je rêve ! Alors, ils peuvent vous faire n'importe quoi : vous tabasser, menacer vos copines, torturer les animaux, sans que vous leviez le petit doigt ? »

Les Pieds Nickelés n'en mènent pas large. Seul Willy a l'air à l'aise : c'est un non-violent, il n'a rien à prouver. Une fente blanche en forme de croissant illumine son visage sombre :

« Tu feras moins le fanfaron quand les Zoulous te seront tombés dessus ! » jette-t-il avant de s'éloigner.

4

« Toi, t'es amoureuse ! » roucoule Mélanie, attrapant sa copine par le bras.

Derrière ses hublots de myope, ses yeux, fentes rousses ornées d'un foisonnement de cils, pétillent de malice.

Une grimace lui répond : le petit nez d'Elsa se retrousse. Ses ailes, si fines qu'elles paraissent translucides, palpitent à cent à l'heure. Personne ne s'y trompe, surtout pas Mélanie : ça veut dire oui.

« Il était tout triste, quand Reine l'a viré ! » murmure Elsa.

Quatre heures sonnent au clocher de l'église. Les

portes du collège s'ouvrent à deux battants et les élèves s'égaillent dans toutes les directions, seuls ou par petits groupes.

Le Grand Bleu, qui semble momentanément en froid avec les Pieds Nickelés, part de son côté tandis que Cédric, Sylvain et Mehdi filent vers la boulangerie.

« T'as combien en poche ? » se renseigne Cédric tandis que Sylvain comptabilise sa menue monnaie.

La réponse se perd dans les rumeurs d'alentour.

Elsa suit des yeux Thomas qui se hâte vers sa cité.

« Qu'est-ce que t'attends pour le rejoindre ? demande Mélanie.

— J'ose pas..., hésite Elsa. J'ai rien à lui dire... » Puis se décidant brusquement : Oh, et puis flûte, je trouverai bien ! »

Légère comme un elfe, elle lui emboîte le pas.

Mais contrairement à ce qu'elle croyait, le Grand Bleu n'emprunte pas l'avenue Émile-Zola pour rentrer chez lui, il oblique à droite vers le square Jules-Vallès. Du coup, Elsa perd son aplomb : il a peut-être un rendez-vous, après tout. Et avec une fille, qui sait ?

Mais la curiosité l'emporte sur la discrétion. À distance, elle continue à le suivre sans se faire remarquer.

Tandis qu'il entre dans le square, elle se dissimule

à l'abri d'un massif, de l'autre côté du grillage, et observe à travers un trou dans le feuillage.

Frankie est assis sur son banc, un walkman aux oreilles. Pour une fois, il est seul. Il s'est offert une journée de congé pendant que ses lieutenants allaient en cours, et attend tranquillement leur retour.

Thomas fonce droit sur lui et l'attrape par le col de sa chemise.

« Ça va pas, la tête ? » fait l'autre, ahuri, en retirant son casque.

Profitant du double avantage de la surprise et de la solitude de l'adversaire, le Grand Bleu lui met les points sur les i :

« Si tu continues à embêter mes copines, il va t'arriver des bricoles, mon pote ! » le prévient-il d'une voix terrible.

L'autre se dégage rageusement, devient menaçant à son tour :

« Tu cherches les coups ? » aboie-t-il.

Ils sont de la même taille et se défient comme des bêtes sauvages. L'affrontement semble inévitable.

Blottie dans sa cachette, Elsa ne perd rien de la scène. Elle retient sa respiration. Les dames du Moyen Âge devaient ressentir la même chose qu'elle, quand leur chevalier entrait en lice pour un tournoi. Et le fait qu'elle ressemble à un page plutôt qu'à une princesse ne change rien à l'affaire !

Par bonheur, Cas Social n'est pas un héros. Il doit plus à la ruse qu'au courage son emprise sur ses troupes. Devant la détermination – et la carrure ! – de son adversaire, la prudence l'incite à changer d'attitude. Il éclate d'un rire qui sonne faux.

« Toi, tu me plais, tu n'as pas froid aux yeux ! » déclare-t-il.

Décontenancé, Thomas a un instant d'hésitation.

« Idem », finit-il par répondre, flatté malgré lui.

Là-bas, derrière la grille, Elsa commence à respirer.

« Si tu veux te joindre à nous, j'ai rien contre, crâne Cas Social. Les Zoulous ont besoin de mecs comme toi ! »

« Élégant ! admire Elsa. Cet hypocrite s'est arrangé pour ne pas perdre la face. J'espère que Thomas n'est pas dupe ! »

« Merci, j'aime pas les bandes », répond le Grand Bleu.

Il n'a pas digéré la lâcheté des Pieds Nickelés.

Au même moment, enjambant le portillon sans prendre la peine de l'ouvrir, Mourad et l'Édenté font leur apparition.

« Ah vous voilà, vous ! Après la bataille, comme toujours ! » leur lance Frankie.

« Aïe, aïe aïe, pense Elsa tandis que le trio se reforme, si Cas Social veut reprendre le dessus, Thomas va passer un mauvais quart d'heure ! »

Mais les truands ont un code d'honneur, et Frankie sait se tenir. Faire intervenir ses hommes maintenant serait reconnaître sa faiblesse. Mieux vaut rester sur ses positions de chef magnanime.

« Qui f'est, felui-là ? se renseigne l'Édenté, méfiant.

— Un pote à moi, répond Cas Social.

— Je le connais, dit Mourad, il habite dans mon immeuble. C'est toi qui viens d'emménager au cinquième ? »

Peu désireux de poursuivre la conversation, Thomas répond d'un rapide signe de tête, puis fait volte-face.

« Je compte sur toi, Frankie ! » jette-t-il par-dessus son épaule.

Cas Social le gratifie d'un regard sournois :

« T'inquiète ! » répond-il sombrement.

« Tiens ? Tu étais là, toi ? »

En apercevant Elsa, les yeux de Thomas s'arrondissent de surprise. En trois enjambées, elle le rejoint. Elle est dans tous ses états.

« Tu as été fantastique ! s'écrie-t-elle. Si tu savais comme j'ai eu peur pour toi ! » Elle secoue ses deux mains d'un geste qui en dit long, et ajoute, extasiée : « Comment tu lui as cloué le bec, à cette sale brute ! »

Le Grand Bleu se rengorge, mais avec modestie :

« Je ne vois vraiment pas pourquoi ce type effraie tout le monde, répond-il d'un ton léger. Il vous en a tous mis plein la vue, avec sa frime, mais quand ses potes ne sont pas derrière lui, il ne vaut pas un clou !

— Le problème, c'est qu'ils sont TOUJOURS derrière lui !

— La preuve que non ! Quoi qu'il en soit, à partir de maintenant, seul ou pas, il sait qu'il devra compter avec moi ! » signale Thomas, content de lui.

5

Thomas habite cité des Alouettes, un groupe d'HLM agencées autour d'un jardin mal entretenu, dont les parents de Mourad sont concierges.

« Tu passes à la maison ? propose-t-il à Elsa, comme ils s'engagent dans l'avenue Émile-Zola.

— D'accord, mais pas plus de cinq minutes : faut que j'aille au Monoprix acheter mes cahiers. »

Ils traversent l'aire de jeu que la sortie des classes a peuplée de gosses déchaînés, se disputant le toboggan et les deux balançoires, dont l'une n'a plus de planche. Assis au beau milieu du bac de sable, un petit Black en pull rayé pleure à chaudes larmes devant une tartine tombée dans la poussière, du côté confiture. Un chat errant, enchanté de l'aubaine, tourne autour avec convoitise. Sentant le danger, l'enfant trépigne de plus belle.

« Bien fait pour toi, le semonce sa grande sœur, installée sur le rebord de béton. Je t'avais dit de manger d'abord et d'aller jouer après !

— Pssh, pssh ! » fait le gamin entre deux sanglots, dans l'espoir de chasser le chat.

Attendri, Thomas s'approche de lui :

« C'est ce vilain minou qui te fait des misères ? » lui demande-t-il très doucement.

Le gamin renifle, fait « oui » de la tête.

Thomas saisit l'animal pour l'éloigner, mais celui-ci ne l'entend pas de cette oreille. Il gonfle son poil, souffle et lance en avant sa patte griffue.

« Aïe ! » crie Thomas, le lâchant.

Sur son poignet, quatre traînées vermeilles où le sang perle doucement...

« Il t'a fait mal ? s'inquiète Elsa. Montre ! »

D'un geste vif, elle lui prend la main. Et d'un geste plus vif encore, elle en approche ses lèvres. Une manière comme une autre de manifester ses sentiments. Toutes les mères vous diront qu'un baiser guérit les bobos, pourvu qu'il soit donné avec beaucoup d'amour.

« Non ! » fait Thomas, la repoussant brutalement.

Déséquilibrée, elle tombe dans le sable, tout près de la tartine. Du coup, le petit Black s'arrête de pleurer : il ne veut pas perdre une miette du spectacle et les larmes lui brouillent la vue.

« Mais... T'es fou ! » s'exclame Elsa, vexée.

Elle se redresse, l'air mauvais, passe ses paumes sur ses fesses pour dépoussiérer son blue-jean.

« Excuse-moi, dit Thomas en rabattant la manche de son pull sur son poignet blessé.

— T'as de drôles de réactions quand on veut te faire une gentillesse ! Tu... »

Le Grand Bleu est si pâle qu'elle s'interrompt, saisie.

« Ça va ?

— Évidemment ! Allez, viens ! » répond-il, l'entraînant vers la porte d'entrée.

L'ascenseur de droite dessert les étages pairs, celui de gauche les étages impairs, mais il est en panne.

« On s'arrête au sixième et on redescend à pied », dit Thomas.

La cabine est pleine de graffitis, le miroir étoilé d'éclats. Quelqu'un y a écrit au bâton de rouge à lèvres : *RV RDV 5H SS.*

« Qu'est-ce que ça veut dire ?

— Hervé, rendez-vous à cinq heures au sous-sol,

traduit le garçon. C'est la nana du huitième, elle laisse tous les jours un message à son copain.

— Comment le sais-tu ?

— Une fois, j'ai été au rencart, pour voir.

— Pas très discret comme boîte aux lettres ! » désapprouve Elsa tandis que la cabine s'arrête.

Ils sortent, se heurtent à quelqu'un qui attend.

« Tiens, Laurence ! »

Échange de sourires, poignées de main.

« Tu sais, maintenant on pourra aller sans problème à la bibliothèque ! » annonce Elsa fièrement.

Laurence lève un sourcil étonné, réclame une explication. Elsa la lui donne, avec force détails.

« Tu aurais vu comment il a remis Cas Social à sa place ! » gazouille-t-elle.

Laurence lui lance un regard profond, puis à Thomas, et pensivement monte dans l'ascenseur.

6

Le billet est arrivé sur le bureau d'Elsa, passé de main en main depuis le premier rang.

M. Giraudeau venait juste d'écrire au tableau une phrase de Diderot : « *Je n'ai jamais eu de chagrin qu'une heure de lecture n'ait apaisé.* »

« Je voudrais que vous réfléchissiez sur le sens de cette citation afin que nous en développions tous les aspects. »

Subjonctif adore ce genre de travail, qu'il appelle « dissertation » comme dans le temps. On choisit une phrase au hasard dans un texte, de préférence d'un grand auteur, et on la presse comme un citron pour en extraire le jus. Ensuite, dans un devoir d'expression écrite, les élèves doivent reprendre tous les arguments un à un et les commenter, pour montrer qu'ils ont compris.

C'est Naïma qui, mine de rien, a traversé la rangée pour remettre le message à sa destinataire.

« Qu'est-ce que vous faites debout ? lui a demandé le prof, s'interrompant.

— J'emprunte un stylo à Elsa, m'sieur. Le mien ne marche plus. »

Elle a plongé au hasard dans la trousse qui bâillait, y a laissé tomber le mot, en a extrait le premier bic venu, et est retournée bien vite à sa place, sa mission accomplie.

« Pensez-vous que la phrase de Diderot puisse s'appliquer à vous-mêmes, et pourquoi ? »

Deux ou trois doigts se lèvent mollement. Subjonctif en choisit un au hasard :

« Oui ?

— Non », dit Cédric.

Le professeur prend un air étonné :

« Ah ? Explicitez votre pensée, je vous prie.

— J'aime pas lire. »

Quelques rires s'élèvent çà et là.

« Asseyez-vous. Si c'est pour dire des âneries, vous feriez mieux de vous taire. Willy ?

— Quand on lit, on oublie la réalité, on s'évade...

— Continuez, vous êtes sur la bonne voie.

— ... Surtout si c'est un roman d'aventure...

— Moi, je préfère les histoires d'amour ! l'interrompt Cendrine.

— C'est pareil, dit Xavier. Une aventure sentimentale ou une aventure tout court, ça se vaut. »

M. Giraudeau pense que de la discussion jaillit la lumière. Il la favorise donc au sein de ses cours.

« Très intéressant, comme point de vue, apprécie-t-il. Précisez-le donc ! »

Xavier se concentre un instant :

« Que ce soit le cœur humain ou, par exemple, des pays qu'on explore, c'est toujours un voyage », finit-il par dire.

Des exclamations admiratives saluent sa repartie.

« Je suis d'avis de prendre ceci comme point de départ », approuve M. Giraudeau.

Et il inscrit au tableau *: « Exploration des pays étrangers ou du cœur humain = voyage. »*

Tandis que la leçon se poursuit, Elsa prend doucement sa trousse et la pose sur ses genoux. Elle en retire le petit papier et le lit, à l'abri de sa main posée en visière. Il est marqué : « *Tu viens écouter le groupe, ce soir ?* signé : *Thomas.* »

Penché sur son cahier de français, le Grand Bleu prend des notes. Elsa ne voit que sa nuque très pâle

où les cheveux rasés frisottent en boucles minuscules. Une bouffée de tendresse la saisit.

Depuis la scène de la tartine, ils ne se sont plus parlé. C'est comme s'ils se fuyaient. Lui n'a pas quitté les Pieds Nickelés, que ce soit en récréation, durant les trajets, et même dans les couloirs ; enfin partout où il y a moyen de parler. Elle s'est posé un tas de questions puis, rancunière, a décidé de penser à autre chose. Consultée, Mélanie a approuvé son attitude en déclarant sentencieusement :

« Les mecs, tu leur cours après, ils fichent le camp, tu les envoies promener, ils sont tous derrière toi.

— Ma grand-mère dit presque la même chose, s'est esclaffée Elsa. “Fais un pas en avant, ils en font deux en arrière, fais un pas en arrière, ils en font deux en avant.”

— On dirait une recette de danse ! » a pouffé Mélanie en courant rejoindre Xavier.

Elsa a donc réprimé ses battements de cœur. Et voilà que ce mot, sans crier gare, remet tout en question...

« *Quel groupe ? je suis pas au courant* », écrit-elle le plus lisiblement possible sur un coin de son bloc, qu'elle déchire pour en faire une boulette.

« Les voyages, dit Sylvain, il n'y a rien de mieux

pour oublier ses problèmes. La preuve : quand on est en vacances, on n'a aucun souci.

— L'idéal, c'est de faire un métier comme reporter, ou archéologue, ou caméraman de télévision, ajoute Naïma. Ces gens-là voyagent pour leur travail.

— Les biologistes aussi, intervient Willy. Ils installent des campements dans les coins les plus reculés de la planète : les jungles, les cratères des volcans, les banquises, et ils passent leurs journées à observer les animaux. Après, ils écrivent des bouquins sur le comportement des espèces.

— Nous y revoilà ! apprécie M. Giraudeau. Vous remarquerez que nous étions partis dans toutes les directions – c'est le cas de le dire ! – et Willy nous a ramenés, par un chemin parfaitement logique, vers notre propos : le livre. Quelles conclusions pouvons-nous en tirer, Elsa ? »

Comme mue par un ressort, Elsa se dresse. Elle n'a rien suivi du tout, occupée à chercher le moyen de passer le billet sans se faire remarquer.

« Heu... Moi j'aime bien les B. D..., bafouille-t-elle, complètement paniquée.

— Mais encore ?

— Dans les bandes dessinées, on voyage encore plus que dans les livres de textes. Par exemple moi, quand j'ai été à Londres, j'ai reconnu les paysages de *Blake et Mortimer*...

— Et moi je connais quelqu'un qui était dans la lune au lieu d'écouter ! l'interrompt Subjonctif. Je ne pense pas que Diderot envisageait la bande dessinée, pas plus que l'audiovisuel. Bien que ce soient, force m'est de l'admettre, les moyens d'évasion les plus prisés aujourd'hui...

— "Je n'ai jamais eu de chagrin qu'une heure de télé n'ait apaisé", c'est pas mal, pourtant ! » s'écrie Thomas.

Tout le monde est d'accord. Les commentaires ne demandent qu'à fuser :

« Surtout les films de science-fiction ! Qui a regardé *La Guerre des étoiles,* hier ?

— Je préfère *Retour vers le futur !*

— *E.T.* !

— *Roger Rabbit* ! »

Subjonctif frappe dans ses mains pour calmer le jeu, et Elsa en profite pour laisser tomber son billet à terre et le pousser du pied sous la chaise de Naïma. Celle-ci a suivi le manège et le ramasse. Elle le file à Sylvain qui le donne à Mélanie, et ainsi de suite jusqu'à ce que Ken-fi, placé derrière Thomas, le glisse dans l'encolure de l'intéressé.

Quelques contorsions plus tard, le message arrive à bon port.

La réponse ne tarde pas, apportée cette fois par Willy, qui se rend aux toilettes.

« Ce soir, à 20 heures, un orchestre de rock passe dans le kiosque de Jules-Vallès. Ce sont des amis à moi. Ils sont extras, tu verras ! »

Tandis qu'Elsa déchiffre les pattes de mouche, le Grand Bleu se retourne, pour vérifier si son billet est arrivé. Leurs regards s'arriment. Elsa lève un pouce victorieux pour signifier que oui, elle a reçu le mot, et que oui, elle accepte l'invitation. Quelques secondes plus tard, une réponse explicite parvient au premier rang : *« Génial ! Rendez-vous là-bas. »*

La cloche sonnant la fin des cours retentit peu après.

« À vous de jouer, dit M. Giraudeau en congédiant ses élèves. Vous avez tous les éléments nécessaires pour pondre une dissertation magistrale. Je compte sur vous !

— Oui, font Xavier, Naïma, Willy, Mélanie.

— Oui », murmure Elsa qui pense à ce soir.

Elle relit le billet avant de le glisser dans sa poche.

« *Je n'ai jamais eu de chagrin qu'une heure de lecture n'ait apaisé.* » Pourquoi une heure ? Un mot suffit, parfois, à vous faire oublier le reste de la planète...

7

Ce n'est qu'après de houleuses négociations avec ses parents qu'Elsa finit par obtenir gain de cause : la permission de dix heures, à condition de ranger sa chambre avant. Corvée expédiée dans les plus brefs délais et avec une inhabituelle bonne volonté, ainsi d'ailleurs que les devoirs et les leçons pour le lendemain. Bref, à l'heure dite, ayant troqué ses jeans contre un caleçon noir et enfilé son « perfecto » des grandes occasions (un cadeau de Noël qui accentue son allure de « petit voyou » et la rend super-craquante !), l'adolescente arrive au lieu du rendez-vous.

Il y a foule. Le square, si calme en temps ordinaire, regorge d'animation.

Presque tous les copains sont là, dans les tenues les plus extravagantes. Mélanie inaugure ses atours d'Iroquoise : des perles tressées dans sa forêt de cheveux, une jupe de daim effrangée, des anneaux aux oreilles, aux poignets et aux chevilles, et suprême raffinement, des bagues aux orteils de ses pieds nus. Xavier porte un tee-shirt orné d'un A cerclé sur son bermuda rapiécé. Willy, une casquette de rapper sur le crâne, mise à l'envers comme il se doit, entraîne Riri, Fifi et Loulou dans une farandole effrénée. Cendrine, boudinée dans une salopette trop étroite, a l'air d'un petit pompiste rebondi. Quant aux Pieds Nickelés, s'ils ont gardé leur apparence ordinaire, ils sont encore plus turbulents qu'en classe : Cédric ne tient pas en place et Sylvain braille à s'en éclater les cordes vocales.

Tout ce petit monde suit avec intérêt les préparatifs de l'orchestre – deux guitares, un synthétiseur, une batterie, un chanteur – qui règle ses micros et accorde ses instruments.

Soudain, le cœur d'Elsa s'emballe : là-haut, dans le kiosque, elle vient d'apercevoir Thomas discutant avec les musiciens. Elles s'arrête, les jambes en coton. C'est curieux, ce malaise qu'elle éprouve : on dirait qu'une barre de plomb brûlant lui pèse sur l'estomac ! Et cet essoufflement ! Elle n'a pourtant pas couru !

Fin septembre, les journées raccourcissent. Le crépuscule qui se déploie noie le square dans un bain d'encre bleue, diluée tout d'abord, puis de plus en plus pure. C'est à l'instant précis où Elsa rejoint les autres que les réverbères s'allument.

« Bravo, la star ! l'accueille Mélanie en riant. Tu fais ton entrée sous le feu des projecteurs ! »

Elsa esquisse un vague sourire, mais elle a trop mal au ventre pour apprécier la plaisanterie.

« *One, two, three...* », entend-on soudain.

Trois notes de guitares éclatent, miaulement électronique que ponctue aussitôt le choc saccadé des percussions et le sanglot profond de la basse. Un tonnerre d'applaudissements les salue.

« *Yeah !* » s'écrie Mélanie, des fourmis dans les jambes.

Danser, c'est sa passion. La musique s'empare d'elle, fait onduler ses hanches, lui ploie la taille, gonfle sa chevelure et les godets mouvants de sa jupe.

« Voilà "Peace and Love" qui se trémousse ! » se moque Sylvain.

Il meurt d'envie d'en faire autant, mais n'ose pas, par fierté virile.

« Et elle n'est pas la seule ! fait Naïma, entraînant Mehdi.

— Tu viens, Elsa ? » propose Willy qui chaloupe lui aussi, Riri, Fifi et Loulou accrochés à ses basques.

Non, Elsa a la tête ailleurs. Son point de mire, c'est le Grand Bleu appuyé, là-haut, contre la balustrade du kiosque, à deux pas des haut-parleurs. Elle se glisse jusqu'à l'édifice.

« Thomas ? » appelle-t-elle d'en bas.

Le hurlement des instruments, amplifié au maximum, couvre sa voix. Alors elle se contente de regarder, le visage renversé, la haute silhouette dont le tee-shirt blanc se découpe sur le ciel étoilé et les feuillages obscurs.

Se sentant observé, le garçon se retourne.

« Ah ! Elsa ! »

D'un bond, il enjambe le parapet et saute dans l'allée.

Comme par magie, le mal au ventre d'Elsa s'envole.

« Formidable ton groupe !

— Quoi ? »

Impossible de communiquer avec un bruit pareil !

« Je dis que ton groupe est super ! » répète Elsa, plus fort.

Thomas fait signe qu'il n'entend pas. Plus loin,

dans les profondeurs verdoyantes du parc, il fait plus calme : la végétation atténue le boucan.

« Viens ! » fait Thomas, entraînant sa compagne.

Ils atterrissent sur un coin d'herbe, à côté du parterre de roses. Celles-ci – des fleurs tardives d'un jaune orangé qui s'éclaire vers le cœur – répandent un tel parfum qu'il vous monte à la tête : on se croirait dans une serre.

« Je suis content de te voir, dit le Grand Bleu gravement.

— Moi aussi », répond Elsa en écho.

Un solo de batterie troue la nuit, maintenant tout à fait tombée. La basse s'y associe. Duo improvisé dans le plus pur style jazz, que les spectateurs accompagnent en frappant dans leurs mains. Quelque part dans le gazon, un grillon rescapé de l'été fait crisser ses élytres. À contretemps, malheureusement.

« Je peux te demander quelque chose ? dit Elsa dans un souffle.

— Bien sûr.

— Pourquoi tu m'as repoussée, l'autre jour ? »

Les mains frappant ses genoux, le Grand Bleu marque le tempo sans répondre.

« J'ai eu l'impression que... que je te dérangeais, que tu ne me supportais pas... Tu as été tellement brusque... », insiste Elsa.

Tagadam, tagadam, font les paumes du Grand Bleu sur la toile indigo de son jean.

« ... Est-ce que par hasard... tu aurais déjà une copine et tu aurais peur de lui être infidèle ? Tu sais, c'est pas mon genre de m'accrocher ! J'ai jamais forcé personne... »

La cadence se précipite : tagada doum doum, tagada doum doum.

« J'ai pas de copine, dit enfin le Grand Bleu.

— Alors, je ne comprends pas. »

Le morceau s'achève. Un calme relatif succède au point d'orgue. Thomas se tourne vers Elsa.

Dans la demi-obscurité qui en dissimule les traits, le petit visage aigu est ardemment levé vers lui. Et derrière la mèche blonde où s'accroche un rayon de lune, les yeux attentifs le dévorent.

« Chacun a le droit d'avoir ses secrets », dit-il doucement.

Au loin s'élève une ovation : le chanteur a dû annoncer un air connu. En effet : « *Beebop a lula !* » entend-on au milieu des bravos.

« Tu connais le jeu de "j'aime, j'aime pas ?" » demande Elsa.

Non, Thomas ne le connaît pas.

« Il faut énumérer le plus rapidement possible cinq choses qu'on aime et cinq choses qu'on n'aime pas. Si tu hésites, si tu te répètes ou si tu racontes n'importe quoi, tu as un gage.

— C'est marrant ! On a le droit de tricher ?

— Évidemment que non ! Quel intérêt, si on ne dit pas la vérité ?

— Bon, je commence, décide Thomas.

— Tu as une minute. Un, deux, trois, vas-y ! »

Thomas baisse les paupières pour mieux se concentrer, prend sa respiration, et lâche d'une seule traite :

« J'aime le rock, les films d'horreur, les raviolis, la BD...

— Ça fait quatre... Vite ou tu as perdu ! »

Elsa trépigne. Thomas, par contre, est d'un calme surprenant. Plantant avec détermination, dans celles de sa compagne, ses prunelles couleur de lagon, il laisse tomber :

« ... et TOI ! »

Un raffut de tous les diables salue la fin de la chanson, mais les deux adolescents ne l'entendent plus. Ils sont dans une bulle de silence. Un silence trouble et chargé d'émotion. Les pommettes enfiévrées (heureusement qu'il fait sombre !), Elsa ne bronche pas. Thomas non plus. Ce qu'ils éprouvent ne se traduit ni en paroles ni en gestes. Encore moins dans le baiser galvaudé qui scelle, par tradition, ce genre d'aveu.

Un moment passe, qui semble une éternité. Prise de vertige, Elsa tente de se ressaisir.

« Et qu'est-ce que tu n'aimes pas ? demande-t-elle d'une voix blanche.

— Les transfusions sanguines », répond Thomas en détachant chaque mot.

Le ton est si bizarre qu'il tire Elsa de sa léthargie.

« Tu as été transfusé ? s'étonne-t-elle. Quand ?

— Il y a huit ans, après mon accident de voiture.

— Oh, ça remonte loin ! Tu étais tout petit !

— Je m'en souviens comme si c'était hier.

— Grave ?

— Très. J'ai passé six mois à l'hosto avec le bassin et les deux jambes dans le plâtre. J'avais des broches qui me sortaient de partout. Après, j'ai eu droit à un an de rééducation, en maison spécialisée.

— Mon pauvre Thomas, s'effare Elsa, sincèrement bouleversée. Comme tu as dû souffrir... »

Elle l'imagine sur le bord de la route, bambin inanimé baignant dans son sang. Une ambulance arrive, toutes sirènes hurlantes. On l'embarque sur une civière. Puis c'est la table d'opération, les projecteurs, les hommes en blanc penchés sur leur minutieuse boucherie. Et après, des jours, des semaines, des mois de douleur avant de recouvrer l'usage de ses membres...

Lui plairait-il autant s'il n'avait pas guéri ? Handicapé, sur une chaise roulante, l'aimerait-elle encore ?

Son cœur lui dit que oui.

« Les opérations, les broches, la rééducation, ce sont des choses terribles ! Ce que je ne comprends pas, c'est pourquoi tu as répondu "les transfusions sanguines". Ce n'est pas pire que le reste ! Tu aurais mieux fait de dire "les accidents" ! »

Il hausse les épaules :

« Fais pas attention... Allez, à ton tour de jouer. Dis vite cinq choses que tu aimes. »

Elsa éclate de rire.

« Toi, toi, toi, toi et toi ! »

Les dix coups s'égrenant au clocher de l'église la rappellent à l'ordre.

« Oh zut ! s'écrie-t-elle, sautant sur ses pieds. Il faut que je file ! Qu'est-ce que mes parents vont me passer comme savon si je rentre en retard !

— Tu veux que je te raccompagne ? »

Elle est déjà presque à la grille.

« Pas la peine ! crie-t-elle sans s'arrêter.

— Ne perds pas ta basket, Cendrillon ! » lui lance-t-il, les mains en porte-voix.

Elle pouffe, sans pour autant ralentir sa course. Comme une flèche, elle traverse le boulevard, tourne à gauche, emprunte la rue piétonne vers la cité des Hirondelles. On dit que le bonheur donne des ailes ; c'est vrai.

Hors d'haleine, elle débouche au salon.

« Juste à temps ! » dit sa mère en regardant sa montre.

Les aiguilles marquent dix heures trois.

8

Le lendemain, les échanges de billets recommencent de plus belle. C'est encore le plus sûr moyen de communiquer quand on a des choses urgentes à se dire et qu'on se trouve aux deux bouts de la classe !

« *La soirée d'hier était très chouette !* » écrit Elsa, à peine installée à son bureau.

Le message suit l'itinéraire habituel : Naïma, Sylvain, Mélanie, et cetera, et se solde par un clin d'œil du Grand Bleu signifiant « reçu cinq sur cinq ».

En plus du français, M. Giraudeau enseigne l'histoire.

« Aujourd'hui, annonce-t-il solennellement, nous

allons entamer l'un des phénomènes clés de l'aventure humaine : la Renaissance. »

Sur le tableau noir, il inscrit en grand « RENAISSANCE », souligne, et marque en dessous « *1440* ».

« Quelqu'un peut-il me dire à quoi correspond cette date ? » demande-t-il.

Silence. La plupart des élèves s'en fichent, les autres ont beau chercher, ils l'ignorent.

« Allons, réfléchissez, faites travailler vos méninges ! insiste Subjonctif.

— Marignan ? » risque Sylvain à tout hasard.

Willy, qui connaît ses classiques, bondit :

« Mais non, ça c'est 1515, tu te gourres de siècle !

— *François Ier avait quinze ans, à Marignan il a perdu quinz'dents !* » fredonne Cédric, assez fort pour que tout le monde l'entende.

Subjonctif le fusille du regard :

« Où vous croyez-vous ? Dans une cour de maternelle ?

— C'est un truc mnémotechnique, m'sieur ! se justifie Cédric.

— J'ai remarqué que chaque fois que vous ouvriez la bouche, c'était pour dire une sottise ou bayer aux corneilles ! Quel âge avez-vous, mon garçon ? »

L'occasion est trop belle, Cédric n'y résiste pas :

« Quinze ans, comme François Ier ! »

Éclat de rire général.

M. Giraudeau lève les yeux aux ciel :

« Consternant ! »

Il toise sa classe, en attendant que les rumeurs s'apaisent.

« Bon, je reprends. Personne ne sait ce qui s'est passé en 1440 ? Je vais vous mettre sur la voie. »

Il prend un ouvrage posé sur son bureau.

« Qu'est-ce que je tiens en main ?

— *Madame Bovary,* ânonne Willy en se tordant le cou pour déchiffrer le titre, qui est à l'envers.

— La naissance de Gustave Flaubert ? en déduit Naïma.

— Je parle du contenant et non du contenu, précise M. Giraudeau.

— Un livre ! se reprend Naïma.

— Et qu'y a-t-il, dans un livre ?

— Du texte, dit Xavier.

— Nous progressons, l'encourage le prof.

— Un texte imprimé... L'invention de l'imprimerie ! » hurle Cendrine, saisie d'une subite inspiration.

M. Giraudeau s'épanouit.

« Voilà, vous y êtes ! 1440 : la découverte de l'imprimerie par Gutenberg. »

Et à côté de la date, il écrit « *Gutenberg* » sur le tableau.

Projeté par Sylvain avec beaucoup d'adresse, le bout de papier plié tombe sur la table d'Elsa, avec un « toc » de petit caillou. Fébrilement, elle le défroisse.

« *Le groupe t'a plu* ? »

Elsa soupire d'aise et plonge dans son sac pour en sortir une feuille, sur laquelle elle gribouille : « *C'est surtout toi qui m'a plus, quand tu m'as dit que tu m'aimais* ! »

« L'imprimerie va révolutionner l'Occident en mettant la culture, qui n'était que l'apanage d'une élite, à la portée de tous, reprend M. Giraudeau. Le premier livre à sortir de l'atelier de Gutenberg sera la Bible. Nous sommes au lendemain du Moyen Âge ; le XVe siècle est pétri de religion. Ensuite – et ceci est d'une importance capitale ! – paraîtront Dante, Pétrarque, Bocace. Ébloui, le public découvre la pensée antique ; les bases de la Renaissance sont jetées. »

Le menton dans la paume, Elsa fait semblant de suivre. Elle paraît captivée par les propos de l'orateur. En réalité, elle guette une inattention de sa part, pour la mettre à profit et expédier son « courrier ».

« Parti d'Italie, le mouvement va déferler sur toute l'Europe. Les arts, les lettres, l'architecture connaîtront un nouvel essor. La France sera la première touchée, grâce aux campagnes d'Italie. La guerre au service du progrès culturel ! Observez comme tout est lié, comme la politique est ici un vecteur de progrès. »

Subjonctif reprend sa craie et sépare le tableau en deux colonnes. Dans la première, il note « *Italie* », dans la seconde « *France* », puis il les relie par une flèche.

C'est le moment ou jamais ! Elsa jette son message en direction de l'autre rangée, Sylvain l'attrape au vol.

« C'est ici qu'intervient François Ier, dont Sylvain... »

Subjonctif se tourne vers l'intéressé qui, pris en flagrant délit, rougit jusqu'aux oreilles.

« Sylvain ? répète le prof en fronçant les sourcils. Que dissimulez-vous derrière votre dos ? Apportez-moi ça ! »

« Flûte, flûte et reflûte ! » pense Elsa, éperdue.

Sylvain obéit sans empressement, tend l'objet litigieux à M. Giraudeau. Ce dernier le défroisse et le lit.

« Ah, bravo ! s'exclame-t-il. Je vois qu'on ne s'ennuie pas, pendant la leçon d'histoire !

— C'est pas moi, bredouille Sylvain suivant son habitude.

— C'est pourtant bien vous que j'ai surpris avec ceci en main !

— Je le passais juste à Thomas... »

Le regard de M. Giraudeau change de direction, se pose sur le Grand Bleu. Celui-ci le soutient, impassible.

« Nous réglerons cette affaire tout à l'heure », dit le prof.

Ses yeux font le tour de la classe, s'arrêtent sur Mélanie qui somnole derrière ses lunettes, Naïma dont la moue consternée signifie clairement « Je l'ai échappé belle ! », Cendrine qui mâche un chewing-gum au ralenti, Elsa...

« Ça y est, il m'a repérée ! » panique l'adolescente.

Elle se ratatine. S'il était écrit « coupable » sur son front, l'aveu ne serait pas plus clair.

« Sylvain, reprend M. Giraudeau, vous me conjuguerez le verbe “cafter” à tous les temps du subjonctif, pour demain.

— Mais..., s'effare Sylvain qui se croyait hors de danger.

— Ça vous apprendra le courage et la solidarité !

— C'est pas juste ! s'insurge Sylvain. j'ai rien fait, moi...

— Pendant la Résistance, ce sont des gens

comme vous “n’ayant rien fait” qui ont livré leurs compatriotes à la Gestapo !

— Ça c’est envoyé ! applaudit Cédric, que le côté “mouchard” de son meilleur ami irrite au plus haut point.

— Y a pas de raison qu’on paie pour les autres ! proteste l’accusé.

— Il n’y a aucune raison, non plus, de les dénoncer à tort et à travers », riposte M. Giraudeau.

Il se fait de la loyauté une idée bien précise, et tient à l’inculquer à ses élèves.

En ronchonnant, Sylvain regagne sa place.

« Je te filerai un coup de main », lui glisse Thomas comme il passe à côté de lui.

9

Pour la énième fois, M. Giraudeau relit le petit torchon froissé qui se trouve devant lui : « *C'est surtout toi qui m'a plus quand tu m'as dit que tu m'aimais !* » Attendrissante déclaration bourrée de fautes d'orthographe (« plu » a un s à la fin, « as » par contre n'en a pas, et « aimais » est une forme ambiguë ; de quoi faire grincer des dents n'importe quel prof de français !), et tellement mal calligraphiée qu'elle est à peine lisible. Afin de confirmer son intuition, Subjonctif l'a comparée avec la dernière copie d'Elsa : pas de doute, c'est la même écriture.

Elsa... Le frêle minois balayé par sa mèche de Gavroche le hante. Une menace qu'elle ne soupçonne pas pèse sur cette gamine. Un danger venu du monde adulte qui nargue la médecine, la science, la technologie, et frappe à l'aveuglette.

Les civilisations engendrent des monstres dont elles perdent la maîtrise. Celui qui rôde autour de cette enfant est d'autant plus perfide qu'il n'a pas de visage. Ou plutôt si, il en a un et c'est bien là le drame : le visage de l'amour.

Le visage d'un garçon de quinze ans qui porte la mort en lui.

« Je dois intervenir, ne cesse de se répéter M. Giraudeau. Mais de quelle manière ? »

Convoquer les intéressés, les mettre en face de leurs responsabilités ? Difficile ! Subjonctif, comme les autres professeurs, est tenu au secret quant à l'état de santé de Thomas. D'autre part, il sait par expérience que les interdits n'ont jamais empêché deux êtres de s'aimer. Au contraire : tout obstacle extérieur stimule les sentiments, les ennoblit, les auréole de romantisme. Roméo et Juliette seraient-ils devenus des amants de légende si leurs familles avaient approuvé leur passion ?

Alors ? Fermer les yeux ? Ce serait criminel.

Avertir les parents d'Elsa ? Cette solution est sans

doute la meilleure. Conscients des risques encourus par leur fille, ils sauront prendre les mesures qui s'imposent. Après tout, n'est-ce pas leur rôle à eux, plutôt que celui d'un professeur ?

Tandis que M. Giraudeau tergiverse, les remontrances, faites le matin même à Sylvain, lui reviennent en mémoire. « Il n'y a aucune raison de dénoncer les gens à tort et à travers, fût-ce pour soulager sa conscience... » Mais s'agit-il ici de dénoncer ou de prévenir ?

Le professeur se lève, se sert un verre d'eau fraîche. Ce face à face avec sa conscience l'épuise. Où se situe la loyauté ? Dans le fait de parler ou dans celui de se taire ?

« Vous me copierez cinquante fois le verbe "trahir" à l'imparfait du subjonctif ! » dit une petite voix au fond de lui.

Est-ce de trahison qu'il s'agit, ou d'assistance à personne en danger ?

Comment se traduirait la maladie, sur le petit visage d'Elsa ? Quels en seraient les stigmates ? Aurait-elle le teint cireux, les yeux cernés de noir, des pommettes trop saillantes par-dessus ses joues amaigries ? Sa voix, pour dire « je t'aime », à quoi ressemblerait-elle, exhalée par des poumons où le virus a fait son nid ?

Assistance à personne en danger, oui, c'est la seule chose qui compte. Tant pis pour les scrupules.

D'une main assurée, M. Giraudeau décroche le téléphone et compose le numéro des parents d'Elsa.

10

« Elsa ! »

Tout d'abord, Elsa n'entend pas. Elle lit dans sa chambre, avec les Doors en fond sonore. Mélanie, qui raffole des années 70, lui a passé une série de cassettes dans le plus pur style hippie, et des bâtons d'encens pour compléter l'ambiance. C'est fantastique !

À travers les persiennes baissées, le coucher de soleil, coupé en tranches horizontales, dessine des barres pourpres sur la moquette grise. L'une d'elles traverse Nick, le vieux nounours dont Elsa n'arrive pas à se défaire, creusant comme une plaie dans la peluche déteinte.

« Elsa ! »

La porte s'entrouvre. Par la fente, Nadine, sa mère, passe la tête :

« Veux-tu venir, s'il te plaît ? Ton père et moi avons à te parler. »

Nadine est plutôt rieuse de nature. Elsa tient d'elle son visage triangulaire, un peu félin, et son nez délicat. Et surtout ce sourire entre parenthèses qui fait craquer ceux qui l'approchent.

Or, là, pas de sourire mais une anormale gravité.

« Qu'est-ce que j'ai encore fait ? » se demande Elsa, vaguement inquiète.

Elle se remémore à toute vitesse les événements des dernières vingt-quatre heures. Elle n'a pourtant commis aucune bêtise. À la maison du moins...

Dans le salon, la télé est éteinte, chose inhabituelle à cette heure : papa (Jacques) regarde toujours les nouvelles régionales.

Il est assis dans son fauteuil, sous la lampe d'opaline orange qui lui fait un teint de Peau-Rouge. Lui aussi tire une drôle de tête. Bon sang, qu'est-ce qui leur prend, à ces deux-là ?

Sur la pointe des fesses, Elsa s'installe dans le canapé. En face d'elle, ses parents ressemblent à un tribunal.

Nadine et Jacques se regardent, pour décider qui va ouvrir la séance.

« Dis-lui, toi, fait maman.

— Qu'est-ce qui se passe ? Vous n'avez pas l'air dans votre assiette ! » essaie de plaisanter Elsa.

Jacques se décide enfin à parler :

« Nous avons reçu un coup de fil de M. Giraudeau.

— Aïe ! »

« Le billet, évidemment ! J'aurais dû m'en douter ! Quel faux jeton, ce Subjonctif, d'avoir averti mes parents ! Mélanie avait raison, c'est vraiment un enfoiré ! »

« J'ai pas commis un crime, tout de même ! » se rebiffe-t-elle.

À son tour, Nadine prend la parole :

« Bien sûr que non, ma chérie. Nous ne te reprochons rien : ces sentiments sont de ton âge. Tu sais bien que nous avons l'esprit large !

— Alors ? s'étonne Elsa, un peu moins sur la défensive.

— Alors, reprend le père, il y a quelque chose qui cloche.

— ... ?

— ... Quelque chose que tu sembles ignorer, ou dont tu ne veux pas tenir compte...

— ... ?

— ... Le risque que te fait courir ce garçon. »

Les yeux d'Elsa s'arrondissent en forme de soucoupes. Elle ne comprend plus rien. Les préjugés des générations précédentes quant aux relations filles-garçons n'ont jamais effleuré ses parents. Au contraire : ils sont contents de voir les ados s'amuser entre eux, reçoivent volontiers les copains à la maison, et parlent sans fausse pudeur de sexualité, convaincus que le dialogue parents-enfants est le meilleur garant d'une confiance mutuelle.

« Quels risques ?

— Tu n'es pas au courant ? s'effare Nadine.

— Mais enfin, de quoi s'agit-il ? » éclate Elsa que ces embrouillaminis commencent à agacer.

La réponse tombe comme la foudre :

« Thomas est séropositif. »

Assommée par le choc, Elsa reste un instant stupide, la bouche ouverte.

« Séropositif », répète-t-elle sans comprendre.

Elle a tellement blêmi que maman se précipite vers elle.

« Ma petite chérie... »

Mais Elsa se raidit :

« C'est pas vrai ! »

Elle repousse sa mère, prend son visage buté des mauvais jours.

« Giraudeau a dit ça pour me punir. C'est une

ordure, ce mec ! Il a voulu se venger parce qu'on s'envoyait des mots pendant son cours ! »

Tout son être se révolte contre l'insoutenable vérité. Thomas séropositif, Thomas malade, cette blague ! Il rayonne de santé et de force ! Ceux qui font courir ce bruit sont des jaloux, des envieux, d'ignobles menteurs ! Thomas leur en met plein la vue et ils se vengent, de la manière la plus basse !

« Vous pensez bien que si c'était vrai, tout le monde le saurait !

— Justement non, répond papa. Ses parents ont fait promettre le secret aux professeurs, afin de ne pas perturber ses études.

— Remarque, on les comprend ! commente maman. J'aurais un enfant dans ce cas, je ferais la même chose !

— Mais à moi, il me l'aurait dit ! affirme Elsa, péremptoire.

— Pourquoi à toi plus qu'aux autres ?

— Parce qu'on s'aime ! » répond Elsa les yeux pleins de larmes.

Un souvenir vient de l'assaillir sans crier gare : celui du poignet griffé. Évidemment, cela expliquerait l'attitude du Grand Bleu quand elle a voulu embrasser sa blessure...

« Ce n'est pas possible, je ne peux pas le

croire... », répète la jeune fille, moins sûre d'elle soudain.

Elle frissonne, une sorte de manteau glacé posé sur les épaules.

Jacques et Nadine font peine à voir. Ils semblent aussi affectés que leur fille. La bouche de Nadine tremble quand elle reprend :

« Il a été transfusé avec du sang contaminé, à la suite d'un accident... » Sa voix se brise. « C'est abominable. Il serait arrivé une chose pareille à mon petit, je ne sais pas comment j'aurais réagi. J'aurais été trouver les médecins, je les aurais traités d'assassins, je les aurais traînés en justice...

— C'est ce qu'ont fait les parents de Thomas, répond Jacques, ainsi que ceux de centaines d'enfants dans son cas, des hémophiles principalement. Le procès a fait assez de bruit !

— Quand je pense à sa pauvre mère..., soupire encore Nadine.

— Maintenant, c'est à ta fille qu'il faut penser ! » la rabroue Jacques.

Se tournant vers Elsa :

« Tu dois être courageuse, ma fifille. Il y va de ta propre santé. Et tout d'abord, tu vas me répondre sans rien me cacher. Que s'est-il exactement passé, entre Thomas et toi ? »

L'interrogatoire atteint Elsa comme une gifle.

« Voyons, papa, s'insurge-t-elle, c'est ma vie !

— Justement, ma chérie, c'est de ta vie qu'il s'agit, ni plus ni moins ! Tu sais de quelle manière se transmet le sida, n'est-ce pas ?

— Évidemment, je suis pas une demeurée !

— Mes questions ne doivent donc pas t'étonner ! »

Une gifle, vraiment. Pire : une sorte de viol. « Toi, toi, toi, toi et toi ! » Elle riait, en disant ça. Et lui la regardait comme si elle était la Grande Ourse.

« Si je comprends bien, vous voulez savoir quel genre de rapport j'ai eu avec Thomas ? Aucun, figurez-vous.

— Vraiment aucun ? insiste Nadine. Des baisers, par exemple.

— Pas de baisers, dit Elsa, repensant au poignet.

— C'est la vérité, n'est-ce pas ? s'assure Jacques. Bien que tu sois heureusement trop jeune pour la sexualité, je veux en avoir confirmation de ta propre bouche.

— Au cas où il y aurait eu des relations physiques entre vous, nous devons absolument en être informés, reprend Nadine. Ne serait-ce que pour te faire faire un dépistage...

— Rien, rien et rien ! » répond Elsa, soutenant le regard de sa mère. Et elle éclate en sanglots.

« Là, là, calme-toi, mon bébé, dit tendrement

Nadine. Nous voilà rassurés, on ne va plus t'ennuyer avec ça !

— Je peux... m'en aller ?... bafouille Elsa.

— Bien sûr, mon poussin !

— Une petite chose encore, dit Jacques, la retenant. J'aimerais que tu cesses de fréquenter Thomas, j'entends en tant que "boy friend". Il n'est pas question de rompre complètement les ponts avec lui, bien entendu : ce pauvre gosse est une victime, loin de nous de lui faire grief de son état. Mais dans la mesure où aucun avenir n'est possible avec lui, ce n'est pas la peine que tu t'attaches. Il est donc préférable, pour toi comme pour lui, qu'il redevienne un compagnon de classe comme un autre, avec lequel tu n'entretiennes que des rapports strictement scolaires.

— N'oublie pas, souligne Nadine, que fréquenter un sidéen représente un réel danger. Le virus se transmet très facilement. En buvant au même verre, par exemple, ou en utilisant les mêmes couverts, ou en se parlant de tout près. Ta vie est trop précieuse pour que tu la risques à la légère, tu ne trouves pas ?

— Sans compter, reprend Jacques avec une pointe d'amertume, que Thomas n'a pas été très honnête avec toi : quand on aime les gens, on ne leur fait pas ce genre de cachotterie, surtout lorsque leur santé est en jeu ! Il y a là un manque de conscience déplorable !

— Tu vaux mieux que ça, ma chérie ! » conclut Nadine avec beaucoup de conviction.

Mais Elsa n'écoute plus. Une chape de béton dans la poitrine, elle regagne son antre, se fourre sous sa couette. Et à l'abri de la douillette obscurité, pleure, pleure, pleure...

Sur l'écran de ses paupières closes, des images apparaissent, séquences inoubliables d'un film à peine ébauché et cruellement interrompu. Oh, le square sous la lune, imprégné du parfum des roses et des accents chavirés de la musique ! Et le Grand Bleu assis dans l'herbe, si beau, avouant son amour dans les ténèbres accueillantes ! Comme elle était heureuse, alors ! Comme tout était simple ! Je t'aime, tu m'aimes, on se le dit, on se le montre, quel rêve !

Un rêve inaccessible, maintenant.

Le Grand Bleu est empoisonné. Et il empoisonne. Se blottir dans ses bras, c'est signer son arrêt de mort.

« POURQUOI ?

« Pourquoi ne m'a-t-il pas prévenue ? Pourquoi m'a-t-il laissée m'attacher à lui quand notre amour est sans espoir ? Pourquoi a-t-il joué cette affreuse comédie, alors qu'il SAVAIT, lui, QUE RIEN N'ÉTAIT POSSIBLE ENTRE NOUS ? »

Quel sentiment prédomine, dans le cœur d'Elsa, le chagrin ou la rancune ? Elle ne saurait le dire. Par instants, une bouffée de tendresse l'envahit. Les yeux mer-des-Caraïbes la regardent dans le noir, tellement troublants, tellement réels que ses larmes redoublent, comme si elle les avait perdus à jamais. À d'autres moments, c'est le mensonge de ces yeux qui l'obsède.

« Comment peut-on dissimuler à ce point, tromper quelqu'un qu'on aime avec autant d'aplomb ? Papa a bien raison : ce garçon n'a aucune conscience. »

Le sommeil la saisit sans crier gare, tandis qu'elle tourne et retourne ces pensées dans sa tête. Par chance, il est sans rêves. Quand le cauchemar et la réalité se confondent, toute trêve est bonne à prendre.

11

La tête de Mélanie quand elle apprend la nouvelle ! Derrière ses hublots, ses yeux prennent une telle expression d'incrédulité d'abord, d'indignation ensuite, qu'ils changent carrément de couleur. Les voilà qui virent au noir, et parole ! on dirait qu'ils lancent des éclairs ! Un vrai ciel d'orage !

« C'est pas possible ! » s'exclame-t-elle.

Et aussitôt après :

« Quel dégoûtant, ce type ! Il ne t'a même pas prévenue ! »

Bien entendu, toute la classe est au courant dans le quart d'heure qui suit ! L'information – sous forme de rumeur malveillante – se répand comme une traînée de poudre durant le premier cours, suivant le principe du téléphone arabe.

Xavier est le premier averti : non seulement c'est le chouchou de Mélanie, mais en plus ils partagent le même banc.

« Le sida ? Tu es sûre ?

— Certaine, c'est Elsa qui me l'a dit. Tu te rends compte, la pauvre !

— Il est plus à plaindre qu'elle ! Comment a-t-il chopé cette saloperie ?

— Paraît que c'est à la suite d'un accident de voiture.

— De quoi ? s'informe Cendrine qui a surpris la fin de la phrase.

— Thomas a le sida. »

Cendrine est susceptible. Elle déteste qu'on se moque d'elle.

« Arrête, tu fais toujours des blagues de mauvais goût ! se plaint-elle en vrillant son index grassouillet sur sa tempe.

— Si tu ne me crois pas, demande à Mélanie. »

Mélanie confirme, ajoute même des commentaires de son cru. Que Thomas ait laissé Elsa dans l'ignorance la révulse, et elle tient à ce que ça se sache !

« Mais c'est une maladie de pédé ! s'esclaffe Sylvain, mêlant son grain de sel à la conversation.

— Pas forcément, ça s'attrape aussi quand on se drogue, rectifie Cédric.

— Pédé ou drogué, c'est pareil : de toute façon il va mourir, comme le mec des *Nuits fauves* », assure Cendrine.

Elle collectionne les photos de Cyril Collard.

« En tout cas, faut faire attention, reprend Mélanie, c'est hypercontagieux ! J'ai vu dans une émission que certaines infirmières refusaient de soigner les malades, parce que rien qu'en les touchant on peut être contaminé ! »

L'avis de Cendrine est plus nuancé :

« Tu rigoles ? Romane Bohringer n'a pas attrapé le sida, et crois-moi, pour ce qui est de toucher son partenaire... (gloussement significatif).

— Qui te dit qu'elle ne l'a pas attrapé ? On ne connaît pas tout sur la vie des vedettes ! » réplique Mélanie avec une mauvaise foi flagrante.

Le prof de dessin est très jeune et très décontracté. Il considère qu'une ambiance détendue est préférable, pour la création, aux rigueurs du silence et de la discipline. Mais là, ces fichus gamins exagèrent ! Force lui est d'intervenir, car le ton monte dans le petit comité massé au fond de la classe :

« Retournez tous à votre place, vous discuterez en récréation ! »

Avec de vagues protestations, les adolescents se dispersent. Cendrine en profite pour se glisser à côté d'Elsa.

« J'ai appris pour Thomas », lui chuchote-t-elle.

Elsa ne lève même pas la tête. Le nez sur sa feuille de Canson, elle travaille avec une sorte de frénésie. Elle tente de reproduire le plus exactement possible la nature morte disposée devant elle : deux pommes dans un panier, avec une carafe et un verre. Elle est si absorbée qu'un bout de langue rose dépasse de ses lèvres.

« Ça a dû être terrible pour toi ! » insiste Cendrine lourdement.

Elsa réprime un mouvement d'impatience :

« Excuse-moi mais je n'ai pas envie d'en parler », répond-elle sans cesser de dessiner.

La récréation suivante est houleuse. À peine dans la cour, Thomas est pris à partie par les Pieds Nickelés.

« Paraît que t'as le sida ? » lui demande Cédric sans ménagement.

Le Grand Bleu s'attendait à tout sauf à ça. Sous le choc, il perd contenance.

« Qui te l'a dit ? demande-t-il d'une voix altérée.

— Tout le monde est au courant, mon vieux : c'est Giraudeau qui a vendu la mèche.

— Pourquoi t'as fait semblant de rien ? s'étonne Sylvain.

— Peut-être qu'il a honte ? Peut-être que c'est un lâche malgré ses grands airs ? » insinue perfidement Cédric.

L'affaire « Cas Social » lui est restée en travers de la gorge comme une arête de poisson. L'occasion est trop belle de prendre sa revanche !

« Maintenant, il n'osera plus faire le malin ! ajoute-t-il.

— Sûr ! confirme Mehdi, égrillard. Quand on a une maladie du kiki, y a pas de quoi se vanter ! »

Une fraction de seconde, la tentation de foncer dans le tas et de cogner, cogner de toutes ses forces, assaille le Grand Bleu. Il se contient cependant : le mépris lui paraît une meilleure attitude. Ces trois zozos seraient trop contents qu'il se mette dans son tort !

« Imbéciles ! » gronde-t-il seulement, en leur tournant le dos.

Quelqu'un d'autre, d'ailleurs, le préoccupe beaucoup plus : Elsa.

Elle est appuyée contre le tronc du marronnier, plus petite et plus frêle que jamais ; frimousse de naufragée. Mélanie tente visiblement de la réconforter. Elle fait de grands gestes et s'agite beaucoup. Satellisés autour des deux jeunes filles, de petits groupes pérorent avec animation.

« C'est de moi qu'ils parlent », réalise soudain le Grand Bleu.

Sa gorge se serre : il vient de se rendre compte que tous les regards convergeaient vers lui.

Et ces regards le brûlent.

Ces regards SAVENT.

Hostiles, compatissants, curieux, goguenards, qu'importe : ils projettent tous le même message. Comme inscrit au néon dans chacun de ces regards, le mot SIDA clignote. SYNDROME D'IMMUNO-DÉFICIENCE ACQUISE.

« Je me paie une parano... », tente de se rassurer Thomas.

Il cherche quelqu'un qui ne l'ait pas pris pour cible, le trouve. Willy, installé sous le préau avec son bouquin de math, révise le contrôle de demain, et toute autre activité lui est étrangère.

Les Pieds Nickelés ont également repéré le Black :

« T'as pas les jetons d'être assis à côté d'un séropo ? lui lance Cédric en passant.

— Il pourrait te refiler ses microbes, méfie-toi ! » insinue Mehdi, le petit doigt en l'air et tortillant vulgairement du croupion, aussitôt imité par Sylvain.

Ils rient si fort qu'ils s'en étouffent !

Arraché à ses formules algébriques, Willy met quelques instants à comprendre. L'allusion déplacée ne l'amuse pas du tout.

« Au Zaïre, soixante pour cent de la population est atteinte », répond-il avant de replonger dans son travail.

D'un pas décidé, Thomas se dirige vers Elsa. En le voyant approcher, Mélanie sort ses griffes :

« Qu'est-ce que tu lui veux ? l'apostrophe-t-elle agressivement. Tu ne lui as pas fait assez de mal comme ça ?

— Laisse tomber ! » fait Elsa, écartant sa copine.

Ulcérée, celle-ci s'éloigne en ronchonnant.

Voilà Thomas et Elsa face à face. C'est sur eux, maintenant, que se braquent tous les yeux.

« J'ai l'impression d'être sur une scène de théâtre, murmure Elsa.

— Moi aussi, et je n'ai pas le beau rôle », ajoute Thomas, amer.

Une envie d'éparpiller les spectateurs comme un essaim de mouches le saisit à nouveau. Il serre les poings. Les néons clignotants rouges, verts, jaunes, fluo, lui répondent. « Sida, sida », accusent les néons. « Je donnerais n'importe quoi pour disparaître ! » pense le Grand Bleu, en fourrant ses mains

dans ses poches avec tant de violence que la doublure craque.

« T'as pas l'air bien, dit doucement Elsa.

— Idem pour toi !

— Faut qu'on discute...

— D'accord, mais pas ici.

— On se retrouve à quatre heures au square ? »

Le spectacle est terminé.

Thomas a retrouvé son sang-froid et s'en va de son côté, Elsa du sien. Ni scandale, ni engueulade, ni étreinte tragique ; décevante représentation ! Les spectateurs restent sur leur faim.

« Elle aurait dû l'envoyer sur les roses ! vitupère Mélanie.

— Tu sais que t'es vraiment pas sympa ! la morigène Xavier qui garde la tête sur les épaules. C'est lui qui est malade, et au lieu de le plaindre, tu le traites comme un salaud. Il ne s'est pas amusé à choper le virus juste pour embêter Elsa, tout de même !

— Non, mais il a failli la contaminer ! Tu ne râlerais pas, toi, si on m'avait fait un coup pareil ? »

Un ricanement narquois lui répond :

« Aucun danger que ça t'arrive : t'as tellement mauvais caractère que même les virus ont peur de t'approcher ! »

12

En l'espace de quelques jours, le paysage a changé. Octobre, en s'installant, a remisé l'été dans l'album aux souvenirs. Sous un ciel gris encombré de nuages que le soleil n'arrive plus à percer, les arbres du square ressemblent aux tifs de Mélanie : rousseur échevelée que malmène le vent. Bientôt les premières feuilles tomberont, maculant les allées de petits points de rouille.

Quand Elsa arrive, Thomas l'attend déjà, à côté de ce qui reste du parterre de roses. Il s'est sauvé comme un voleur dès l'ouverture des portes du collège. Elsa, par contre, est restée à la traîne. Pas la peine de partir ensemble et de mettre la puce à l'oreille de tout le monde !

L'humeur des deux ados est à l'image du temps : pluie et brouillard.

Ils marchent un moment côte à côte, ne sachant par quel bout appréhender le problème. C'est Thomas qui se décide le premier.

« Je crois que j'ai eu tort de ne rien te dire, avoue-t-il doucement.

— Je crois que j'ai eu tort de trop parler », reconnaît Elsa à son tour.

Autour d'eux les rafales tourmentent le feuillage ; bruissement profond se répercutant d'arbre en arbre, de taillis en taillis. Sous l'emprise de la bourrasque, tout le square semble en mouvement. Eux seuls sont maintenant immobiles.

« On s'est mal débrouillés tous les deux », regrette Elsa.

Oh, ces ragots, ces propos ignobles, cette boue remuée et touillée à plaisir !...

« Jamais je n'aurais imaginé que ça tournerait ainsi, reprend-elle. Si j'avais su, je te jure que j'aurais fermé ma gueule ! » Sa rancœur lui remonte subitement : « Mais c'est ta faute : si seulement tu m'avais prévenue ! Tu réalises la crasse que tu m'as faite ? »

À son tour, il réagit :

« Quelle crasse ? Et qui a fait une crasse à l'autre ? »

Elsa à l'œil fixé sur la pointe de ses chaussures. « Perds pas ta basket, Cendrillon ! » Une envie de pleurer lui comprime la gorge.

« Tu as vu les réactions de ces crétins et ça ne te suffit pas, comme explication ? s'emporte Thomas. Tu te demandes encore pourquoi je me suis tu ? La démonstration était claire, pourtant ! »

Les larmes montent encore d'un cran. Elsa renifle.

« Je ne pouvais pas deviner... Je t'en voulais, c'est normal que je me sois plainte à ma meilleure amie. Tu aurais dû me mettre dans la confidence et me demander le secret !

— Le secret ! Tu as vu comme ils sont bien gardés, les secrets ? Même les adultes parlent à tort et à travers. Giraudeau, mes parents lui avaient fait confiance, et regarde le résultat !

— Moi, j'aurais rien dit ! s'obstine Elsa.

— Sauf à Mélanie, dans le creux de l'oreille...

Elsa se mord les lèvres : elles ont toujours tout partagé...

« Une vraie Miss Cancan, ta copine, je te signale ! Tu lui confies un truc, autant l'annoncer à la radio !

— C'est par amitié pour moi qu'elle est furieuse : si on avait continué, j'aurais pu attraper ton sida ! »

Le Grand Bleu pousse un soupir agacé :

« D'abord, je n'ai pas le sida, je suis séropositif, nuance. Je déclarerai probablement la maladie un jour – bien que ce ne soit pas sûr à cent pour cent –, mais ce n'est pas la peine de prendre les devants. Laisse-moi encore quelques années de sursis, s'il te plaît. Ensuite, je te ferai remarquer que nous n'avons rien fait qui puisse te contaminer.

— Pas encore, rectifie Elsa, mais ça allait arriver ! »

Les prévisions de ses rêveries solitaires ne laissent aucun doute là-dessus !

« Absolument pas ! Je sais très exactement jusqu'où je peux aller. Je ne suis pas un inconscient, et je te l'ai déjà prouvé, rappelle-toi !

— Oui, reconnaît Elsa, mais n'empêche : on aurait fini par s'embrasser, par exemple.

— D'abord, il y a trente-six façons d'embrasser. Et puis, le virus ne s'attrape pas par des baisers !

— Ma mère dit que si !

— Elle est mal informée, comme la plupart des gens. Le VIH ne se propage pas par la salive, seulement par le sang et le sperme. »

Elsa rougit. Le dernier mot la gêne, surtout dit par cette bouche. Il évoque trop crûment, avec une précision trop technique, les émois diffus qui la hantent, les désirs dont la puberté l'a nantie suivant sa logique imparable. À quinze ans, l'amour cesse d'être une abstraction. Le sexe y a sa place, avec son cortège de termes barbares : sperme, vagin, coït, orgasme... Les prononcer à voix haute confère une brutale réalité à ce qui n'était que pulsions intimes.

« Il n'est pas question de ça, évidemment, bredouille-t-elle.

— Alors, où est le problème ? »

Que disait Jacques, hier soir ?

Elsa rassemble ses souvenirs, tente de retrouver les mots qui l'ont convaincue. Ah oui : « Pas d'avenir possible »...

« Ben... C'était vache de ta part de me laisser m'attacher à toi alors que... »

Elle retient à temps le mot fatidique : « ... alors que tu vas mourir », en mesure toute l'absurde cruauté. Pas la peine de prendre les devants, Thomas a raison. Après tout, la mort guette chacun de nous à plus ou moins brève échéance ; naître est déjà le premier pas vers cette fin inexorable. La présence du virus dans les veines du Grand Bleu restreindra sans doute, d'une façon révoltante, son temps de vie. Mais en ce moment, il est en pleine forme !

« Il y a des gens qui restent séropos durant dix, quinze ans, tu sais, répond Thomas calmement.

— En bonne santé ?

— Avec des analyses régulières et un traitement approprié quand leurs défenses naturelles baissent.

— C'est ton cas ? »

Il fait « oui » de la tête, poursuit :

« Je suis comme tout le monde, moi : j'ai besoin d'être heureux ! Je ne passe pas mon temps à me répéter que je suis malade et que je n'ai plus droit à rien, sinon autant crever tout de suite ! Au contraire : je veux profiter à fond des années qui me restent ! »

Elsa boit littéralement ses paroles. Profiter des années qui lui restent ! De toute son âme, elle souhaite l'y aider.

« Toi et moi, on s'est plu, continue Thomas. Quand on est ensemble, on se sent bien. Tu crois que j'ai envie de te perdre parce que le destin m'a joué un mauvais tour ?

— Tu n'as rien perdu », dit Elsa.

Dans les yeux de Thomas, la mer des Caraïbes fait des vagues. Plonger là-dedans, rien au monde n'est plus tentant. Y barboter des heures durant. S'y noyer même, pourquoi pas ?

« Pas d'avenir possible »...

« L'avenir, on s'en fiche », dit Elsa.

« Pas d'avenir possible. » C'est le langage de la raison, le langage égoïste des parents.

« Mes parents aussi, je m'en fiche, ajoute Elsa. Ils ne comprennent rien à rien. »

Sur la mer des Caraïbes, une sorte de soleil se lève.

« Peut-être que dans quinze jours, ou un mois, ou un an, on en aura marre l'un de l'autre, poursuit Thomas. C'est normal, à notre âge. Ça aura servi à quoi, tout ce cirque ? »

Ils se sourient. Les préjugés, vraiment, ça sert à quoi ?

« Si seulement j'avais tenu ma langue ! » s'assombrit de nouveau Elsa.

La lamentable journée lui est revenue en mémoire, avec son cortège de remords. La gorge nouée, elle poursuit :

« C'est ma faute s'ils sont tous contre toi. Je me battrais, si je m'écoutais ! Mais tu vas voir, je vais te défendre. S'il y en a encore un seul qui la ramène, gare à lui ! Dorénavant, je te prends sous ma protection ! »

Les nuages, qui depuis le matin ne cessaient de s'épaissir, noyant les tours de la cité voisine dans un matelas de plomb, crèvent d'un seul coup. Aux deux trois premières gouttes clairsemées succède une pluie torrentielle.

« Vite, dans le kiosque ! » s'écrie Thomas, saisissant sa compagne par la taille pour courir.

Le temps d'y parvenir, ils sont déjà trempés.

« C'est quoi, les symptômes du sida ? » demande Elsa, une fois à l'abri.

L'ondée, qui crépite sur le toit métallique, fait un fracas assourdissant. Dehors, on n'y voit pas à deux mètres. Des murs d'eau enferment les deux adolescents dans une sorte de prison liquide.

Thomas s'ébroue comme un jeune chien, avant de répondre :

« Ils varient suivant les personnes. Comme l'immunité diminue, l'organisme est menacé par ce qu'on appelle des "maladies opportunistes". Ça peut être un cancer de la peau, une infection pulmonaire, une toxoplasmose du cerveau...

— Quelle horreur !

— Je n'en suis pas encore là, rassure-toi ! Mes T4 se portent bien !

— Tes T4 ? Qu'est-ce que c'est ?

— Les défenses qu'on a dans le sang. »

Un coup de vent dévie la trajectoire des gouttes, qui jusque-là tombaient verticalement, vers l'intérieur du kiosque.

« Attention à la douche ! s'écrie le Grand Bleu, tirant Elsa au sec.

— J'ai froid, se plaint celle-ci, mon pull est trempé ! »

Contre le torse de Thomas, elle s'abat. Il referme ses bras sur elle.

« Tu es toute tremblante ! »

Et elle, levant son petit museau extasié :

« Maintenant, j'ai bien chaud ! »

Autour d'eux, la pluie redouble. Ils se serrent très fort, seuls dans cette arche au milieu du déluge, séparés du reste du monde par des trombes d'eau complices.

Un séisme secoue soudain la poitrine sur laquelle Elsa appuie sa tête : le Grand Bleu vient d'éternuer.

« Tu es en train de t'enrhumer ! réalise-t-elle. C'est dangereux pour toi ! »

Et des deux mains, avec toute l'énergie dont elle est capable, elle frotte le dos de son compagnon, ses épaules, ses bras, afin de les réchauffer.

Les « maladies opportunistes » trouveront à qui parler, désormais, si elles osent approcher Thomas !

13

« Tu as oublié ton sourire à la porte ? » demande gentiment Laurence.

Le moins qu'on puisse dire, c'est que Mélanie a la mine renfrognée ! Une vraie boule de papier mâché !

À cette heure, la bibliothèque est vide ou peu s'en faut. Hormis les mercredis où c'est la cohue dans les rayonnages, l'endroit est plutôt calme. Laurence a de la disponibilité à revendre.

« Des ennuis ? » s'enquiert-elle.

Mélanie hésite entre la politique du hérisson, qui consiste à se replier sur soi-même en sortant ses piquants, et celle de la fontaine. Elle opte pour cette dernière : s'épancher vous soulage beaucoup mieux.

« Allons, mouche-toi et raconte ! la réconforte Laurence en lui tendant un kleenex.

— Je suis en rogne à cause de Thomas, avoue Mélanie après avoir essuyé ses lunettes.

— Qu'est-ce qu'il t'a donc fait, ce vilain garçon ?

— À moi, rien, mais à Elsa, une grosse saloperie !

— ... ? »

Les doigts en forme de peigne, Mélanie relève sa jungle rousse, histoire de regarder Laurence dans les yeux.

« Tu savais, toi, qu'il était séropositif ? » l'interroge-t-elle à brûle-pourpoint.

Le sourire de Laurence s'éteint :

« Oui, sa mère m'en a parlé.

— Eh bien, si tu veux mon avis, elle aurait mieux fait d'en parler à Elsa, ç'aurait été plus franc ! »

La bibliothécaire voit parfaitement où Mélanie veut en venir, mais n'en laisse rien paraître.

« À Elsa ? Pourquoi donc ? demande-t-elle innocemment.

— C'était sa petite amie, pardi ! Et tu te rends compte, elle n'était même pas au courant ! »

Quand Mélanie se fâche, elle a une drôle d'expression : son nez s'allonge, et ses lunettes aidant, elle ressemble à un hibou.

De la main, Laurence l'apaise.

« Ne t'emporte pas comme ça, ma grande, et reprends tout depuis le début. Elsa et Thomas...

— ... sortaient ensemble depuis le concert à Jules-Vallès.

— Ce n'est pas bien vieux : trois jours, si je compte bien.

— Mais c'était déjà en route depuis la rentrée !

— Tu dis qu'il lui cachait sa séropositivité. C'est ça qui te met dans cet état ?

— Évidemment ! Tu te rends compte du risque ? Il pouvait lui refiler sa maladie comme rien ! »

Laurence fronce les sourcils, relève, d'un doigt machinal, une mèche de cheveux échappée à sa natte, qui lui barre la tempe.

« Attends une minute, proteste-t-elle. Tu vas un peu vite en besogne. Ce que tu es en train de faire s'appelle un procès d'intention.

— ... ?

— Tu accuses Thomas d'une chose très grave, sans en avoir la moindre preuve. Sur une simple supposition de ta part, qui t'est peut-être dictée par l'affection que tu portes à Elsa, mais ne repose sur rien. »

L'expression de hibou s'accentue. Heureusement, les boucles en désordre ont repris place devant et en cachent les trois quarts.

« Enfin, Laurence, tout le monde sait que le sida, c'est contagieux ! »

Un court instant, puis Laurence laisse tomber comme à regret :

« Moi plus que quiconque : mon frère aussi est séropositif. »

Mélanie sursaute :

« Ton frère ? Le grand maigre qui vient souvent te chercher le soir ?

— Lui-même.

— Je n'aurais jamais cru ça de lui !

— Il est homosexuel et vit avec un ami sain. Ceci pour te dire qu'on peut fréquenter de très près quelqu'un d'atteint sans pour autant attraper le virus. À condition, bien entendu, de prendre un certain nombre de précautions. »

Silence. Mélanie range soigneusement ces nouvelles informations dans les petits casiers de sa tête.

« La ségrégation ne se pratique pas dans tous les milieux, heureusement..., reprend doucement Laurence.

— Ils font encore... enfin ils ont..., risque Mélanie très bas.

— Tu veux savoir s'ils font l'amour ? Évidemment. Le préservatif n'est pas fait pour les chiens. Mais pour en revenir à Elsa et Thomas, je suppose que le problème ne se présente pas sous cet angle.

— Non, bien sûr : ils ne flirtaient même pas encore.

— Alors, que reproches-tu exactement à Thomas ?

— De ne pas l'avoir avertie avant que ça débute entre eux. »

Encore cette mèche. Quand Laurence agite la tête, elle danse devant ses yeux. Renonçant à la remettre en place, la jeune femme la saisit entre le pouce et l'index, et la tournicote en parlant.

« Thomas avait conclu un accord avec ses parents, explique-t-elle. Faire comme si de rien n'était dans le cadre scolaire. Toi, tu considères qu'il a trahi Elsa en la laissant en dehors. C'est parce que tu n'envisages qu'un seul aspect des choses. Je te réponds, moi, que s'il avait parlé, ce sont ses parents qu'il aurait trahis. Ai-je tort ? »

Mélanie hoche la tête, pas vraiment convaincue.

« Ton frère, il a averti son ami ? s'assure-t-elle.

— Le cas n'est pas le même : entre l'union de deux adultes avec tout ce qu'elle comporte, et une amourette d'adolescents, il n'y a rien de commun. D'autre part, je crois que tu sous-estimes la lucidité de Thomas. Quand on est informé comme il l'est des risques qu'on fait courir à autrui, on ne se permet pas la moindre imprudence. Il y a huit ans que ce garçon réfléchit sur son propre drame, en parle avec des médecins, lit, se documente. Il sait ce qu'il implique dans le présent et dans l'avenir, comme renoncements. Et crois-moi, ce n'est pas facile à admettre. Le sentiment d'injustice, on l'éprouve jusqu'au fond de ses tripes. Quelqu'un qui est passé par là n'agit pas à la légère ! »

Voilà qui ébranle toutes les convictions de Mélanie. Elle secoue sa crinière feuille-morte, comme une ponette renâclant devant l'obstacle.

« À l'école, tout le monde pense comme moi ! » assure-t-elle.

Mais Laurence a réponse à tout :

« Je parlais de ségrégation, tout à l'heure. Ce n'est pas Thomas qui a manqué de jugeote, dans cette affaire, reprend-elle, impitoyable. C'est Elsa, toi, et tous ceux – je les imagine d'ici ! – qui lui ont jeté la pierre sans voir plus loin que le bout de leur nez. Avant d'émettre un avis sur un thème aussi grave, il faut prendre le temps de se renseigner, nom d'un chien ! Au minimum interroger l'intéressé lui-même ! L'avez-vous fait ? Ma main à couper que non ! Vous vous êtes contentés de vous exciter les uns les autres en colportant des lieux communs sans fondements ! »

La contrariété fripe les traits d'habitude si doux de la bibliothécaire. D'un geste frénétique, elle enroule et déroule sa mèche autour de son doigt.

Tout son être se révolte contre une situation dont elle mesure, pour l'avoir déjà côtoyée, la douloureuse ampleur.

« Ton attitude et celle de tes camarades, s'ils ont réagi comme toi, ont dû blesser Thomas au plus haut point. Ce garçon est déjà confronté à une réalité terrible : la quasi-certitude de ne pas atteindre l'âge adulte. Votre futur à vous est une ligne d'horizon, le sien un mur contre lequel se brisent ses projets, ses rêves, ses désirs. Vous avancez, lui il recule. Et au lieu de l'aider à assumer cette épreuve – ou mieux, de le considérer comme n'importe lequel d'entre vous –, vous lui renvoyez son virus en pleine face, pour qu'il se sente bien coupable ! »

Elle hausse le ton, hors d'elle :

« Coupable ? Et de quoi, grands dieux ? De voir sa jeunesse brisée en plein vol !

— On ne l'a accusé de rien ! se récrie Mélanie.

— Sauf de ne pas vous avoir donné d'armes contre lui.

— Je ne comprends pas...

— Au Moyen Âge, on entassait les lépreux sur des radeaux qu'on livrait au courant, pour s'en débarrasser. Et si un de ces malheureux tentait de cacher ses plaies pour demeurer dans le monde des vivants, on le traitait en criminel. Toute proportion gardée, c'est ce que vous avez fait, non ? »

Lorsqu'elle sort de la bibliothèque, Mélanie a perdu son front buté, son profil d'oiseau. Quelquefois, quand on joue au scrabble, les sept lettres posées sur la réglette forment un mot biscornu, hideux, un vrai casse-tête pour l'utilisateur. Si des doigts de fée arrivent alors, déplacent les petits carrés, les disposent suivant une logique différente, tout s'éclaire. Le grossier assemblage devient un joli mot tout propre, qu'on peut sans honte intégrer à l'ensemble.

Dans le cerveau de Mélanie, le présentoir est bien rangé. Elsa, Thomas, la maladie, la prévention ont trouvé leur place. Quant aux ragots, sarcasmes et autres malveillances, ils sont au fond du sac poubelle, en compagnie de l'ignorance et de la méchanceté.

À peine chez elle, la rousse se jette sur le téléphone :

« Allô, Elsa ? J'ai quelque chose à te dire, à propos de Thomas !

— Justement, moi aussi ! »

14

La première chose que voit le Grand Bleu, le lendemain matin en arrivant en classe, c'est le préservatif, posé en évidence sur son bureau.

Il sursaute, cherche des yeux l'auteur de la mauvaise farce.

Les Pieds Nickelés, qui guettaient sa réaction, se tordent de rire, bientôt imités par tous les élèves.

« Que se passe-t-il ? » demande M. Giraudeau, rentrant du vestiaire où il a laissé son imperméable.

Sans rien dire mais avec un regard éloquent, Thomas lui présente l'objet du bout des doigts.

« Mais... », se trouble le prof.

Ainsi, le bruit s'est déjà répandu, avec ses déplorables conséquences... Il s'y attendait, certes, mais pas si vite, pas si perfidement ! Oh, ce préservatif tendu ! Les yeux de cet enfant bafoué.

« Silence et à vos places. Je ne veux plus entendre un seul mot ! » ordonne-t-il, se ressaisissant.

Et pour donner plus de poids à ses paroles, il sort son carnet de colles et le place devant lui.

Les adolescents obtempèrent aussitôt : ils n'ont aucune envie de passer leur soirée sur des conjugaisons ! Chacun regagne son banc en vitesse et s'assied.

Du haut de l'estrade, Subjonctif fait le tour de l'assistance. Chacun des visages levés vers lui livre un message facile à décrypter. Elsa arbore un petit museau de rongeur prêt à mordre : c'est après Cédric qu'elle en a. Ce dernier contient mal l'hilarité qui lui grésille à fleur de peau, et ses comparses également : Sylvain sourit de toutes ses dents et Mehdi, entre ses paupières à demi fermées, laisse filtrer une lueur moqueuse. Mélanie, consternée, surveille alternativement Elsa et Thomas. Elle voudrait parler mais n'en a pas le loisir. Xavier oscille entre l'indignation et l'amusement. Willy fait des signes à son voisin de table, qui signifient clairement : « Laisse tomber. » Quant à Cendrine, elle attend avec impatience la suite des événements : sa frimousse grassouillette pétille de curiosité.

Ces quelques instants de répit ont suffi au Grand Bleu pour retrouver son sang-froid. Il se tourne vers les Pieds Nickelés et déclare, en glissant le préservatif dans son sac à dos :

« Je le range, il me servira plus tard. »

Puis, se levant, il ajoute avec insolence :

« Je tiens à remercier toutes les personnes qui m'ont fait ce cadeau, à commencer par M. Giraudeau. »

Médusé, le prof reste sans réaction, ce que voyant, Xavier applaudit. Un « coin coin » sonore s'élève du fond de la salle : Ahmed se manifeste.

« Ahmed, vous me conjuguerez le verbe "cancaner" à tous les temps du subjonctif ! » lui jette M. Giraudeau.

Du coup, c'est Elsa qui réagit. D'une voix suraiguë, elle interpelle le professeur :

« C'est toujours les innocents qui prennent, avec vous ! Imiter les animaux, ça ne fait de mal à personne. Tandis que se moquer des autres, les humilier gratuitement, ça c'est grave ! Pourtant, ceux qui le font, vous les laissez tranquilles !

— Il vaut mieux cancaner que faire des cancans ! renchérit Mélanie.

— Et que répéter les secrets ! » lance une voix anonyme.

Cette fois, Subjonctif n'a plus le choix. Son intégrité est en cause, il faut qu'il s'explique.

S'adressant directement à Thomas :

« Je suppose que vous devez m'en vouloir, mon garçon, dit-il très lentement. J'ai commis envers vous ce que vous êtes en droit de considérer comme une trahison. Sachez que je l'ai fait en mon âme et conscience, et après avoir longtemps hésité. Je pense sincèrement que vous n'êtes pas assez mûr pour mesurer toutes les conséquences de vos actes. Il est des imprudences que des personnes responsables n'ont pas le droit de vous laisser commettre. »

Le Grand Bleu ouvre la bouche pour protester, mais d'un geste autoritaire, M. Giraudeau lui intime l'ordre de se taire, et poursuit son réquisitoire pour le reste de la classe :

« Quant à vous, mes enfants, vous savez maintenant ce qu'il eût mieux valu que vous ignoriez : le problème de santé de votre camarade. Je précise que cela aurait pu arriver à n'importe lequel d'entre vous. J'ai la conviction que vous saurez vous montrer compréhensifs et l'aider, dans la mesure du possible, à surmonter ses difficultés. Il vous en sera reconnaissant, n'est-ce pas, Thomas ? »

Le visage du Grand Bleu est bouclé à double tour.

« J'ai besoin de la pitié de personne », crache-t-il du bout des lèvres.

15

« Mélanie m'a raconté une super belle histoire », dit Elsa, se creusant un petit trou confortable dans les coussins.

La chambre de Thomas est toute blanche. Il y règne un indescriptible désordre : bouquins, disques, fringues et cassettes jonchent la moquette et s'empilent dans les coins en constructions branlantes. Pour arriver au lit – un matelas posé à même le sol, havre de paix dans cet univers chaotique –, il faut regarder où on met les pieds, et quasiment passer à gué.

Sur la platine laser, Mickey, le chat angora, dort à poings fermés, étalé de tout son long.

« Veux-tu bien aller roupiller ailleurs ! » le houspille le Grand Bleu avec une indignation comique.

Dignement, l'animal bat en retraite vers un îlot de tee-shirts. Seul le balancement saccadé de sa queue trahit son mécontentement. Une fois allongé, il la range contre ses flancs et reprend son somme interrompu.

« Pauvre minet ! s'apitoie Elsa.

— C'est lui ou la musique, riposte Thomas en choisissant un disque. Les Pink Floyd, ça te dit ?

— J'adore ! »

L'espace s'emplit de sonorités étranges, nébuleuses. Ayant réglé le volume à sa convenance, le Grand Bleu s'abat à son tour sur la couette.

« Alors, l'histoire de Mélanie, elle t'intéresse ou elle t'intéresse pas ?

— À propos de Mélanie, tu as dit à tes parents que tu étais chez elle ?

— Comme convenu, et elle sait quoi faire au cas où ma mère téléphonerait (c'est pas son genre, mais on n'est jamais trop prudent !). Elle lui dit que je suis aux toilettes, et elle appelle ici immédiatement. »

Le Grand Bleu émet un petit sifflement :

« Super au point, dis donc, votre combine !

— Solidarité féminine, mon pote ! »

Ils rient, tellement contents d'être ensemble sur leur radeau au milieu de la tempête, en dépit de tous les interdits.

Thomas s'assied en tailleur, colle son dos contre le mur et, enfin disponible, réclame :

« Vas-y, raconte !

— La tante de Mélanie, qui s'appelle Gréta, a eu une attaque il y a quelques années, et elle est restée complètement paralysée.

— Ça commence bien !

— Tu vas voir, c'est un vrai conte de fées. Elle était célibataire et encore très belle pour son âge, style actrice des vieux films américains, tu vois ? Lauren Bacall, Rita Hayworth, tout ça...

— Mmmm, fait le Grand Bleu qui n'en pense pas un mot.

— Peu de temps avant son accident, elle avait rencontré un drôle de type, un écrivain un peu fou avec lequel elle avait passé une nuit, puis qu'elle avait viré de chez elle. Ils ne s'étaient jamais revus. Alors bon, voilà Gréta à l'hôpital, incapable de faire un mouvement ni même de parler. Une espèce de morte-vivante, quoi. Elle voit, elle entend, mais elle ne peut plus communiquer avec personne. La seule chose qu'elle arrive encore à faire, c'est bouger ses paupières.

— De plus en plus amusant ! apprécie Thomas, mi-figue mi-raisin.

— Attends la suite. Elle était donc dans une institution pour grabataires jusqu'à la fin de ses jours, quand voilà son poète qui débarque. Il était arrivé à retrouver sa trace. Il tombe à genoux au pied du lit, lui dit qu'il est dingue amoureux d'elle, et l'enlève. Il l'installe chez lui, sur un sofa au milieu du salon, comme une espèce de statue. Depuis, ils vivent ensemble. Il la dorlote et comprend ce qu'elle dit avec ses paupières. Il passe son temps à lui faire la lecture, à la coiffer, la maquiller, lui mettre toutes sortes de bijoux. Paraît que quand on va les voir, on a l'impression de les déranger, d'interrompre un dialogue très passionnant, des occupations qui ne concernent qu'eux. Comme s'ils étaient tout seuls sur une planète où personne n'a accès. C'est une belle histoire d'amour, non ? »

Elle a des étoiles dans le sourire. Thomas pas.

« C'est une belle histoire d'amour POUR LUI ! » rectifie-t-il.

Les étoiles s'estompent :

« Qu'est-ce que tu insinues ? Pour elle, surtout ! Trouver un compagnon DANS SON ÉTAT !

— Et alors ? Qu'est-ce que son état a à voir là-dedans ? Après son attaque, c'était la même personne qu'avant ! Si elle n'aimait pas ce type quand elle était valide, pourquoi l'aimerait-elle une fois paralysée ? Est-ce qu'il lui a demandé son avis avant de la kidnapper ? J'imagine que non : même si elle n'était pas d'accord, elle n'avait pas la possibilité de l'exprimer. Bien obligée de subir ! »

Elsa se dresse sur son coussin comme piquée par un insecte :

« Mais tu n'as rien compris ! Tu critiques à tort et à travers ! Ce type a un courage formidable : ça ne doit pas être drôle tous les jours de se consacrer à une handicapée ! Il se sacrifie pour la femme qu'il aime, et je trouve ça héroïque ! »

Thomas ne regarde plus Elsa. Il parle pour lui tout seul, en fixant le plafond.

« Je serais elle, je détesterais qu'on se sacrifie pour moi », dit-il à mi-voix.

Il est si agressif qu'Elsa se méprend sur son attitude. Ce discours ne peut être qu'une provocation !

Elle devient câline :

« Tu sais, j'ai bien réfléchi : moi je serais capable de faire pareil pour un homme que j'aimerais. Le soigner, m'occuper de lui nuit et jour, le défendre contre le monde extérieur, ça ne m'ennuierait pas du tout... »

Le disque se termine. Le Grand Bleu saute sur ses pieds pour en mettre un autre.

« Eh bien moi, je préférerais mourir que perdre ma dignité à ce point-là », lâche-t-il en compulsant sa pile de CD.

16

Le jeudi, c'est jour de piscine. Une semaine sur deux, le cours de gym est remplacé par la natation. Les élèves apprécient à divers titres ce privilège : c'est plus une détente qu'un entraînement, la discipline se relâche, on peut parler, crier ou rire sans se faire réprimander, et surtout les filles sont en maillot. L'alibi du jeu permettant de bousculer dans l'eau leurs corps à demi nus, personne ne s'en prive. Malgré des protestations pour la forme, les adolescentes ne se dérobent pas. Elles apprécient autant que les garçons ces proximités physiques, pour autant que celles-ci soient librement consenties.

Serviette et slip de bain dans son sac à dos, le Grand Bleu arrive au collège. Il est à peine huit heures un quart, c'est à vingt-cinq que les portes ferment. Sur le trottoir, dans le hall d'entrée et la cour de récréation, les élèves traînent, bavardent, s'attendent les uns les autres.

En le voyant, Elsa se précipite :

« Ça va ?

— Évidemment, pourquoi ça n'irait pas ? »

Le ton n'est pas aimable. Du coup, le sourire d'Elsa se fige sur ses lèvres.

« C'est normal de demander à quelqu'un "ça va", le matin !

— Toi, c'est vingt fois par jour que tu me le demandes ! »

Willy s'approche en se dandinant : le morceau de rap qu'il a dans la tête module sa démarche sans même qu'il s'en rende compte.

« On fait un concours de plongée avec Xavier et Ahmed, tu en es ? propose-t-il.

— D'ac !

— Et moi ? revendique Mélanie.

— Catégorie mâle ! la taquine Willy.

— Les femelles, on les préfère en défilé de mannequins ! » ajoute Xavier avant de se sauver.

Les poings en avant, Mélanie le poursuit. Elle le

rejoint sous le préau, lui tombe dessus à bras raccourcis.

« Aïe ! Aïe ! » crie Xavier.

Correction pour rire à un macho pour rire. Ils y trouvent tous les deux leur compte : les coups qu'ils échangent sont plus proches du flirt que du combat.

Le prof de gym attend ses élèves sous le porche.

« Ah ! s'écrie-t-il en apercevant le Grand Bleu, Thomas Dunoy, le principal veut vous voir.

— Pourquoi ?

— Il vous le dira lui-même. Allez-y, il vous attend. »

Intrigué, vaguement inquiet, le Grand Bleu obéit.

« Toc toc.

— Entrez. »

Le bureau directorial est vaste et solennel. Une de ces pièces sombres aux murs lambrissés de chêne, qui évoquent les redoutables institutions d'antan. Face à la porte trône l'Autorité. Le visiteur, qui a généralement quelque chose à se reprocher, ne peut que pénétrer sur la pointe des pieds, en se faisant petit petit...

Bien qu'impressionné, le Grand Bleu garde la tête haute.

« Asseyez-vous, mon enfant », dit le principal.

Thomas obtempère. Une grosse horloge ronfle en sourdine. Le principal tripote son coupe-papier :

une patte de poulet terminée par une plume, en argent massif. Les bruits du dehors entrent à peine, filtrés par les murs épais.

« Je suis au regret de vous demander, dorénavant, de ne plus vous rendre à la piscine ! »

Thomas bondit :

« Pourquoi ? Qu'est-ce que j'ai fait ?

— Rien, rassurez-vous, je peux même vous certifier que vos résultats scolaires sont excellents et que nous sommes très satisfaits. Il s'agit de tout autre chose. Un certain nombre de parents d'élèves craignent une contagion par l'eau de la piscine. Je sais que c'est une aberration, mais je me dois d'en tenir compte. Leur prudence, même excessive, les honore : elle est dictée par l'affection et un sens du devoir hautement respectable. Je pense que vous pouvez comprendre cela, d'autant que vous éprouvez personnellement les effets de cette terrible maladie...

— Mais voyons, se défend l'adolescent, il suffit qu'ils se renseignent et ils réaliseront leur erreur : le virus VIH ne se transmet pas par l'eau, surtout quand elle est pleine de chlore ! »

Le principal a un sourire bon enfant :

« Vous savez ce que c'est, mon garçon : les idées reçues ont la vie dure ! Imaginez devant quel dilemme je me trouve : si je passe outre, vos camarades seront privés de natation, leurs parents m'ont prévenu. Deux d'entre eux m'ont encore téléphoné ce matin, et ils étaient formels. Alors, un petit sacrifice pour la communauté ? »

Sans laisser à Thomas le temps de protester, il le congédie.

« Je suis sûr que vous comprendrez dans quelle position délicate je me trouve, et que vous aurez à cœur de me faciliter la tâche », conclut-il tandis que le Grand Bleu, encore ahuri, gagne la porte à reculons.

« Marre de ce bahut pourri ! » crie Thomas en claquant la porte d'entrée.

Irène, sa mère, qui lisait dans le séjour, s'étonne :

« Que fais-tu ici à cette heure ? Pourquoi n'es-tu pas en classe ?

— Ils m'ont viré ! »

Front buté, lèvres pincées, une tête de chien auquel on vient de voler son os ; pas de doute, Thomas est dans une colère noire !

« J'ai plus le droit d'aller à la piscine ! ! »

Il jette son sac à dos à la volée, retire son blouson qu'il envoie promener à l'autre bout de la pièce.

« Calme-toi, l'exhorte Irène, et explique-moi ce qui t'arrive. »

Il lui narre en détail l'entrevue qui précède. Au

fur et à mesure du récit, le visage maternel se durcit.

« Je n'en crois pas mes oreilles ! finit-elle par exploser. Je vais de ce pas téléphoner au principal, et ce ne sera pas pour le féliciter !

— Pas la peine, va ! De toute façon, je ne veux plus voir ce tas d'abrutis ! »

Elle émet une sorte de petit rire, un grincement plutôt. Un son pathétique et brisé. La joie se désapprend vite, dans certaines circonstances. Irène a perdu le mode d'emploi depuis bientôt huit ans.

« Comme tu y vas ! tente-t-elle de plaisanter, histoire de détendre l'atmosphère. Et qui as-tu dans le collimateur ? Tes professeurs ? Tes camarades ? »

D'un geste du bras, le Grand Bleu englobe l'ensemble des êtres vivants qui peuplent le collège.

Tendrement, Irène enlace son fils – il la dépasse d'une tête ! –, l'attire contre elle.

« Raconte-moi tout, Tom Pouce », lui chuchote-t-elle dans le cou.

Le surnom qu'elle lui donnait quand il était petit, depuis tant d'années hors d'usage – pas de nuages, alors, à leur bonheur ; ciel limpide à perte de vue ! –, ranime entre eux une très vieille connivence, et arrache un sourire au Grand Bleu.

« À la bonne heure ! approuve-t-elle. Alors ? En

dehors de l'interdiction de piscine que je réglerai dans un instant, qu'est-ce qui ne va pas ?

— Tout, et rien en particulier. Une attitude générale. Depuis qu'"ils" savent, c'est l'enfer ! Les profs me traitent comme un bibelot qu'ils auraient peur de casser...

— Que veux-tu dire ?

— ... Le prof de gym m'a déjà proposé de me dispenser du cours, avant l'histoire de ce matin. J'ai refusé, évidemment ! Les autres me demandent à tout bout de champ si je ne suis pas fatigué, si j'arrive à suivre, etc. C'est plutôt gentil de leur part, remarque, mais ça me tape sur les nerfs. »

Il éloigne sa mère de lui, l'oblige à le regarder :

« Franchement, maman, je ne suis pas différent des autres, n'est-ce pas ?

— Certainement, mon chéri ! » Elle s'essaie encore à rire, sans plus de succès que précédemment. « À part que tu n'as pas d'acné...

— Je ne me sens ni faible ni fragile, et je n'ai pas une mine de déterré, alors pourquoi ne me considère-t-on pas comme quelqu'un de normal ? »

Une espèce de sanglot lui échappe, qu'il réfrène aussitôt :

« Je voudrais tellement, tellement qu'on cesse de me prendre pour un handicapé ! »

Les pommettes d'Irène s'empourprent, ainsi que ses orbites.

« Ça recommence comme l'an passé, gémit-elle. Mon chéri, j'ai tout fait pour t'épargner cela ! Mais il faut se rendre à l'évidence : les gens ne savent pas tenir leur langue ; face à une situation qui les dépasse, ils réagissent mal. Giraudeau a paniqué, et voilà le résultat ! »

Elle toussote, raffermit sa voix :

« Et les élèves ? s'enquiert-elle.

— Il y a ceux qui me regardent sans arrêt, comme si j'étais une bête curieuse. On dirait qu'ils attendent que je me couvre de pustules. Il y a ceux qui me fuient comme la peste, et il y a les sympas qui me tapent dans le dos. Ce sont les pires, à mon avis. Les condescendants... »

Irène souffre, et ça se voit. Chaque mot la blesse. Ces attitudes sont, en quelque sorte, les effets secondaires de son malheur : un chapelet de petites vexations quotidiennes, de piteuses maladresses qui lui grignotent le cœur comme des dents de souris.

« Et tes copains ? insiste-t-elle, pleine d'espoir. Comment s'appellent-ils déjà ? Ah oui : Les Pieds Nickelés ? Je suppose qu'ils sont plus futés, eux ? »

Un ricanement rauque lui répond :

« Eux ? C'est encore autre chose ! Ils clament à

qui veut l'entendre qu'ils ne fréquentent pas les pédés ! »

Ça y est : les yeux fonds sous-marins d'Irène s'embuent.

« Heureusement qu'il te reste Elsa...

— Elsa... » Le Grand Bleu a la voix qui tremble. « Elle est aux petits soins pour moi. Si elle pouvait me mettre dans du coton, elle le ferait sans hésiter. Avec elle, j'ai l'impression d'être devenu une sorte de bébé, qu'elle lange, pouponne, défend...

— ... Tout comme j'aimerais le faire moi-même ! l'interrompt Irène.

— Tu ne le fais pas, heureusement ! Tu sais bien que je ne le supporterais pas. »

Elle acquiesce en silence.

« Est-ce que j'ai besoin d'une seconde mère ? ajoute-t-il, l'embrassant furtivement.

— Il faut la comprendre : c'est bien tentant d'agir ainsi, quand on aime !

— Alors je préfère qu'on me déteste ! » gronde Thomas entre ses dents.

17

Vingt heures. Thomas n'a pas décoléré.

« Je vais faire un tour », annonce-t-il en se levant de table.

Il a plu toute la journée. L'air du dehors est poisseux, saturé d'une pesante humidité qui vous transperce jusqu'à l'os. Relevant le col de son blouson, le Grand Bleu traverse d'un pas rapide la cité des Alouettes. Les façades aux multiples fenêtres éclairées semblent le suivre des yeux tandis qu'il rejoint l'avenue Émile-Zola.

Il n'est pas retourné à l'école après le déjeuner.

Vers quatre heures, Elsa lui a téléphoné. Elle était affolée.

« Paraît que t'as eu un malaise ?

— Jamais de la vie ! Qui t'a fait croire ça ?

— Le prof de gym. Quand on lui a demandé pourquoi t'étais pas là, il a répondu "en raison de son état de santé". Je me suis fait un sang d'encre. J'étais persuadée que tu étais tombé dans les pommes.

— Fausse alerte, a persiflé Thomas, c'est pas encore pour cette fois ! »

Et il a raccroché.

En y repensant, des relents de colère lui remontent.

« À croire que ça les distrait, de faire des pronostics sur ma mort ! » râle-t-il.

Sous les néons, les pavés luisent. Les phares des rares voitures déchirent un instant la nuit avant de s'évanouir dans les ténèbres. À gauche, se découpant sur le ciel obscur, les arbres du square Jules-Vallès balancent leurs branchages à moitié dépouillés.

Tiens ? Il y a du monde sur le banc ! On entend des chuchotements, et de vagues silhouettes s'agitent dans le noir.

Un léger claquement : la flamme d'un briquet fait jaillir un front de l'obscurité, une arcade sourcilière, puis s'éteint. Seul demeure le bout rougeoyant d'une cigarette allumée.

Thomas a eu le temps de reconnaître Cas Social, sans doute en compagnie de l'un ou l'autre de ses sbires.

À cette heure, le parc est fermé. Mais rien de plus simple que d'escalader la grille !

« Nous avons de la visite ! s'écrie Frankie, comme Thomas s'approche.

— Salut ! fait ce dernier.

— Falut ! »

De nuit, l'Édenté est encore plus impressionnant qu'en plein jour. Son corps épais ramassé sur lui-même lui donne une allure de molosse. Il est de ces êtres dont on dit : « Je n'aimerais pas le rencontrer à minuit au coin d'un bois. » Mais ce soir, Thomas est imperméable à la peur. Même la fin du monde le laisserait de glace. Son écœurement l'habite, à l'exclusion de tout autre sentiment.

Sans chercher à lier conversation, le Grand Bleu prend place aux côtés des deux autres.

« Alors, t'es content ? fait Cas Social pour rompre le silence. On n'y a plus touché, à tes petits protégés !

— M'en fiche, ils peuvent tous aller se faire voir », répond Thomas.

Un coup de vent essore les arbres. La pluie contenue dans leurs feuilles asperge le trio.

« La vache ! s'exclame Frankie, s'ébrouant.

— V'ai tout pris fur la gueule ! »

Perdu dans ses pensées, Thomas ne bronche même pas.

« Tu veux une "taf" ? » propose Cas Social en lui tendant sa cigarette.

Thomas relève la tête, le regarde en pleine face :

« T'es sérieux ? »

Au bout des doigts tendus, le petit cylindre blanc couronné de tisons l'hypnotise.

« Ben... évidemment !

— T'as pas la trouille ? »

Cas Social pouffe :

« La trouille ? Et de qui j'aurais la trouille, s'il te plaît ? De toi ? »

La réponse du Grand Bleu est un cri de défi :

« Non, du sida !

— Paraît que t'es féropo ? intervient l'Édenté. Les mômes du collève ne parlent plus que de fa !

— C'est pas eux qui me laisseraient tirer sur leur mégot ! ajoute Thomas, amer. Il y en a qui n'osent même plus me serrer la main. Comme si mon virus allait leur sauter à la gorge ! »

Cas Social crache par terre avec mépris :

« Compte pas sur moi pour te plaindre, mon

pote ! Si tu fréquentes des débiles, tant pis pour toi, tu n'as que ce que tu mérites ! Alors, ma clope, tu la veux ou tu la veux pas ?

— Je ne fume pas, mais merci quand même », répond le Grand Bleu du fond du cœur.

18

Quand Elsa apprend le fin mot de l'histoire, elle monte sur ses grands chevaux :

« Ça ne se passera pas comme ça ! » déclare-t-elle.

Et, s'armant de tout son courage – Dieu sait qu'il en faut pour faire cette démarche ! –, elle frappe à la porte du principal.

« Que désirez-vous, ma petite ? » s'étonne ce dernier en la voyant entrer.

Il n'a pas l'habitude des visites impromptues, surtout de cette sorte : la petite boule de nerfs qui lui fait face frémit de la tête aux pieds.

« Je viens vous voir... attaque-t-elle. Je viens vous voir... »

Elle avale sa salive. Fichue timidité !

Il attend la suite, courtois mais sans indulgence, les mains posées à plat sur la paperasse qui encombre son bureau.

« Je vous écoute !

— Je viens pour protester ! se décide Elsa.

— Allons bon, et contre quoi, je vous prie ? »

Elsa fonce, tête baissée. Arrivera ce qui devra arriver, il est trop tard pour reculer.

« Contre une injustice que vous avez commise. »

Un sourcil se lève, puis le second. La repartie claque comme un coup de fouet :

« Expliquez-vous !

— Vous n'avez pas le droit d'interdire la piscine à Thomas Dunoy ! »

Le principal a un haut-le-corps :

« Ce n'est pas à vous d'en juger !

— Je trouve ça dégoûtant ! » crie Elsa, perdant toute retenue.

Sa voix pointue a ébranlé les murs. Le silence lui succède. Un silence lourd de menaces dont la jeune fille, avec effroi, mesure toute l'étendue. Aboyer sur le principal, je vous demande un peu ! Il y a de quoi se ramasser, dans le meilleur des cas... deux... cinq... dix heures de colle ! Ou un renvoi de trois jours !

Enfin, une horreur qui va faire un de ces ramdams à la maison !

Le principal ne dit rien. Il prépare sa réponse en fixant cette enfant qui vient de lui tenir tête avec un courage de femme. Et qui plus est, de femme amoureuse. Et se surprend à vaguement l'admirer.

Cela dit, le courage en question se dégonfle à vue d'œil. Une vraie baudruche percée ! Elsa perd sa superbe de seconde en seconde. Pris de pitié, le principal se décide à intervenir.

« Vous n'avez pas tout à fait tort, admet-il. Je sais ce que vous ressentez, et je crois qu'à votre âge j'aurais agi de même. Mais sans doute avec moins d'audace. »

Il lui sourit. Un peu rassurée, elle murmure :

« Être malade, ça ne mérite pas une punition !

— Bien entendu, aussi n'ai-je pas puni votre camarade. Je le lui ai clairement expliqué, il n'y a pas à y revenir. J'ai agi au mieux dans l'intérêt de tous, et croyez-moi ce n'est pas toujours simple. Il y a des choix pénibles, celui-ci en était un.

— Thomas est si fâché qu'il ne veut plus revenir en classe. »

Certains regards vous vont droit au cœur. Celui d'Elsa, voilé par son plumeau de cheveux, est poignant. L'amoureuse vient de resurgir. Touché, le principal reprend :

« Quand j'ai accepté Thomas dans cet établissement, je prévoyais les difficultés auxquelles j'allais me heurter. Si les élèves sont parfois difficiles à gérer, ce n'est rien en comparaison de leurs parents. Vous n'imaginez pas à quoi j'ai dû faire front, à quels tissus d'absurdités il m'a fallu répondre. La peur engendre la crédulité la plus consternante, et ouvre la porte à la bêtise, à la superstition... et à la cruauté ! Ce que j'ai exigé de Thomas était injustifié, je l'admets, mais il fallait que je pare au plus pressé : calmer les esprits.

— Alors, intervient doucement Elsa, s'ils exigent que Thomas soit renvoyé, vous accepterez ?

— Certes, non ! J'ai pris, en connaissance de cause, un engagement envers ce garçon, et je m'y conformerai quoi qu'il m'en coûte. Mais j'estime qu'il faut savoir faire des concessions de part et d'autre. Celle que j'ai demandée à Thomas n'était pas excessive ! »

À ces arguments tellement convaincants, Elsa ne sait plus quoi opposer.

« Il faut peut-être lui expliquer..., risque-t-elle.

— Je vous laisse ce soin, ma petite. Au lieu de vous ruer dans mon bureau comme une véritable furie, allez plutôt le voir, lui, et tâchez de le convaincre. Jouez les avocates, mais cette fois pour la bonne cause. Mettez Thomas en face de ses responsabilités. Il a des droits, bien sûr, et il est légitime qu'il les revendique. Mais qui dit droits dit également devoirs. Il en a envers moi, envers ses parents, envers ses condisciples, envers lui-même. Et ce n'est pas en refusant d'aller en classe qu'il les remplit !

— Ben non..., hésite Elsa, un peu dépassée par le discours.

— Puis-je compter sur vous pour lui remettre les idées en place ?

— Heu... oui, répond Elsa.

— Alors, bonne chance ! »

Chaque fois que Thomas voit Elsa, il se sent fondre de l'intérieur. D'autant que là, avec sa capuche blanche qui ne laisse dépasser que le bout de son nez, elle ressemble à un moinillon.

« On dirait le héros du *Nom de la Rose* !

— C'est à cause de la pluie », explique-t-elle, se découvrant.

Puis elle réclame : « Bisou ! »

Il s'exécute sans se faire prier. Dans le cou, elle a une odeur de chamallow. Voilà qui rend le baiser encore plus agréable !

« T'as l'air d'apprécier mon eau de toilette, dis donc ! »

Ils se rient sur la bouche, comme tous les amoureux du monde.

« Tu partages mon goûter ? » propose Thomas.

Sur la table de la salle à manger est disposé un plateau rempli de délices : brioches, beurre, confiture, thé au lait. On ne refuse pas un programme pareil !

Ils attaquent en chœur leur première tranche quand Elsa se souvient brusquement de sa mission. Parole, elle était si contente de revoir le Grand Bleu qu'elle l'avait oubliée !

« Faut que tu rentres en classe, déclare-t-elle la bouche pleine.

— Non », fait Thomas sans cesser de mâcher.

Elsa se verse du thé, aspire le fumet qui s'échappe de la tasse.

« Mmmm, ça sent la bergamote !

— C'est du *earl grey,* ma mère ne boit que celui-là. »

Il en avale quelques gorgées.

« J'ai été trouver le principal à propos de la piscine, dit Elsa, revenant à la charge. Nous avons longuement discuté, et je trouve que tu exagères... »

Ravivées, les rancunes du Grand Bleu l'assaillent sans crier gare :

« Non mais de quoi je me mêle ? »

Du coup, Elsa prend la mouche :

« Dis donc, c'était pas une partie de plaisir ! Je

risquais gros, figure-toi ! Mais il faut bien que je m'occupe de toi si tu n'es pas capable de le faire toi-même ! Rester bouder dans son coin, c'est pas une solution !

— Je t'ai rien demandé, moi ! » riposte le Grand Bleu, piqué au vif.

Tant d'ingratitude révulse la jeune fille :

« J'ai jamais vu quelqu'un d'aussi désagréable ! On se coupe en quatre pour te rendre service, et tout ce que tu trouves à dire, c'est des méchancetés ! Être malade, ça ne donne pas tous les droits, tu sais ! »

Oups ! L'allusion lui a échappé. À peine émise, elle voudrait courir après, la rattraper, se la rentrer dans la gorge, mais trop tard.

« Le malade, tu sais ce qu'il te dit ? Le malade, il en a ras le bol d'être traité comme un sous-homme. Il en a par-dessus la tête de prendre des claques dans la figure ou du talc sur les fesses ! Il veut qu'on le laisse vivre, un point c'est tout ! Et surtout, surtout, QU'ON CESSE DE S'OCCUPER DE LUI ! »

Si Elsa avait des canons de revolver à la place des pupilles, sûr, Thomas n'y survivrait pas !

« Ah, c'est ainsi ! dit-elle en s'en allant. On se décarcasse pour toi et voilà comment tu nous remercies ! Eh bien, débrouille-toi tout seul, espèce d'égoïste ! Et ne compte plus sur moi pour te servir de nounou !

— Que tu te conduises en nounou, c'est justement ce que je te reproche ! lui lance le Grand Bleu sans essayer de la retenir.

— C'est quand même pas ma faute si tu es séropositif ! riposte Elsa, déjà dehors.

— C'est pas la mienne non plus, mais qu'est-ce que vous me le faites payer cher ! »

19

Thomas finit quand même par céder. L'oisiveté le mine, la solitude aussi. Encouragé par ses parents, il reprend donc le chemin du collège, mais rien n'est plus comme avant. Il est si renfermé, si peu communicatif que tout le monde le laisse tomber.

Elsa et lui se regardent en chiens de faïence et ne s'adressent plus la parole. Avec un entêtement à la mesure de sa déception, la jeune fille l'a rayé de sa vie. Elle lui préfère la compagnie de Mélanie et Xavier qui, eux, filent le parfait amour. Les Pieds Nickelés, à nouveau trois, ne s'occupent pas plus de lui que s'il était du vent, et Cendrine, qui s'est découvert une passion pour Ahmed, passe son temps à imiter le cri de la chouette, à l'exclusion de toute autre activité.

Tous ces pantins peuvent bien aller au diable, le Grand Bleu s'en fiche éperdument. Il se réfugie dans ses études et suit les cours de manière exemplaire. Seul Willy a encore quelques contacts avec lui quand ils échangent des livres ou de la documentation. L'Ivoirien l'ayant initié aux mystères de l'écologie – qui ne font pas partie du programme ! –, Thomas s'est jeté à corps perdu dans ce nouveau hobby. Plongé dans ses bouquins à longueur de journée, il n'est là pour personne.

Enfin si : pour ses nouveaux copains, les Zoulous.

Il a pris l'habitude de les retrouver à Jules-Vallès, après les cours. Sur le banc, comme il se doit. Et ce malgré les intempéries : en cas d'averse, le kiosque est toujours prêt à servir de refuge.

Ce soir-là :

« Tu marches avec nous dans la combine ? » s'informe Cas Social, tirant sur son mégot comme à l'accoutumée.

Le Grand Bleu ne déborde pas d'enthousiasme, c'est le moins qu'on puisse dire ! Il est même carrément hostile au projet !

« Je savais pas que t'étais une poule mouillée ! fait Mourad, fielleux.

— Si t'as les vetons, dis-le tout de fuite ! » ajoute l'Édenté avec un ricanement veule.

Des lueurs dangereuses s'allument dans les yeux du Grand Bleu. Ce n'est pas le moment de le provoquer !

« Tu me cherches, toi ?

— Ça suffit, les mecs, intervient Frankie. Jojo, tu la fermes, et toi, Mourad, regarde-toi dans une glace avant de critiquer les autres : question trouille, tu seras servi !

— Ça veut dire quoi ? demande Mourad.

— Va chercher un miroir, tu comprendras : il y a une gueule de monstre dedans ! »

L'Édenté saisit le gag et s'esclaffe : « Elle est bien bonne, felle-là ! » en se tapant sur les cuisses. L'autre lui retourne un coup de pied pour lui apprendre la politesse. L'Édenté réagit aussitôt :

« Tu vois mon poing ? Dis, tu le vois ? Il va t'atterrir fur le pif !

— Allez jouer plus loin, les enfants ! les exhorte Frankie. On a à causer entre adultes ! » Revenant à Thomas : « Qu'est-ce qui te dérange, dans mon plan ?

— S'en prendre aux gosses, je trouve ça nul ! dit le Grand Bleu.

— Ces gosses, comme tu les appelles, sont des petits bourgeois pleins de fric qui se croient tout permis. Plus méprisants, tu meurs ! Faut leur apprendre à vivre !

— Oh ! le prétexte à la noix ! Te moque pas de moi, Frankie, c'est du racket pur et simple que tu me proposes ! »

Frankie a une petite grimace narquoise qui signifie : « C'est seulement maintenant que tu t'en aperçois ? »

« Du racket ! Tout de suite les grands mots ! Je rétablis la justice, c'est tout. Je pique aux riches pour donner aux pauvres, comme Marx et Robin des Bois. Et il se trouve que les pauvres, c'est nous !

— Avec ce que me donne mon père, j'ai même pas de quoi acheter mes clopes ! » se plaint Mourad.

Il a réglé ses comptes avec l'Édenté et saigne du nez.

« Ni payer les plafes de finé !

— Tu vois bien, triomphe Cas Social. Retirer à Jojo sa seule source de culture, avoue que c'est pas sympa ! Et pourquoi ? Pour deux fils à papa qui se pourrissent les dents à bouffer des bonbons !

— Moins de carambars, adieu le dentiste, merci les Zoulous ! chantonne Mourad sentencieusement.

— On leur rend fervife en piquant leur fric ! assure l'Édenté.

— Arrêtez les frais, les gars, je suis contre ! » répond le Grand Bleu, sans se démonter.

Au 38 de l'avenue Émile-Zola se trouve un bar tabac PMU, avoisinant une boucherie. Christophe et Bernard dit Bouboule, respectivement fils du cafetier et du boucher, sont inséparables. Ils ont grandi ensemble, et après avoir joué sur le même trottoir, ils partagent le même banc dans la même sixième. Le Grand Bleu ne leur a jamais prêté la moindre attention, c'est à peine s'il sait à quoi ils ressemblent. À vrai dire, il vient d'apprendre leur existence de la bouche des Zoulous qui, eux, s'y intéressent de très près.

Préoccupé par ce qui vient de se dire, Thomas rentre chez lui. Les deux commerces, situés sur son chemin, retiennent aujourd'hui son attention de manière particulière. En passant devant, il ralentit et jette un coup d'œil à l'intérieur du café, à travers la porte vitrée.

Un gamin d'une douzaine d'années trône derrière le comptoir, côté cigarettes et loto. En face de lui, Riri, l'aîné des petits frères de Willy, achète des timbres pour sa mère.

Riri a huit ans, une casquette blanche et verte, et d'immenses vêtements : ceux qui ne vont plus à Willy. Vu leur différence d'âge, les pulls dont les manches arrivent aux coudes du grand, lui recouvrent les doigts, et ses pantalons sont trois fois trop longs. Aux poignets et aux chevilles, il a de véritables pneus. Ça lui donne une dégaine rigolote. Fifi et Loulou, qui le suivent d'un an, portent, eux, des habits à leur taille.

Riri sort du tabac et s'arrête sur le trottoir, l'air perplexe. Il recompte sa monnaie. Intense concentration. Il fait ses calculs à mi-voix, sépare les centimes des francs en tas distincts dans sa petite paume rose.

« Salut ! » lui jette le Grand Bleu en passant.

L'enfant lève la tête : au fond de ses prunelles, il y a comme une eau qui tremblote.

« Qu'est-ce qui ne va pas ? s'enquiert Thomas.

— Mon reste tombe pas juste.

— Montre ! »

Deux timbres à 2 francs 80 égale 5 francs 60. Riri a donné un billet de 20 francs. Il se retrouve avec une pièce de 5 francs, quatre pièces de 1 franc, et trois pièces jaunes : une de 20 centimes et deux de 10.

« Il manque cinq francs, constate Thomas.

— Je vais encore me faire gronder, pleurniche le gamin. La semaine dernière c'était pareil et maman a dit que j'avais dépensé les sous. Même pas vrai !

— Qui t'a servi, l'autre fois ? » demande le Grand Bleu, pris d'un doute.

Riri renifle et montre Christophe du doigt.

« Viens, on va lui dire qu'il s'est trompé, propose le Grand Bleu.

— Non, fait Riri de la tête.

— Pourquoi ? »

Riri fixe obstinément le bout de ses tennis.

« Parce que tu n'oses pas ? » insiste le Grand Bleu.

« Oui », fait la tête de Riri. Et il explique tout bas : « Christophe m'a appelé sale nègre. »

Les cheveux de Thomas se hérissent comme la fourrure d'un chat auquel on vient de marcher sur la queue.

« Tu veux que j'y aille à ta place ?

— Oh oui ! »

D'un pas décidé, Thomas pénètre dans l'établissement et va droit au comptoir.

« Qu'est-ce que tu veux ? demande Christophe.

— Tu as rendu cinq francs de moins à Riri.

— Tu rigoles ? Je sais compter !

— Moi aussi. Tu ne les aurais pas mis dans ta poche, par hasard ? »

L'autre hausse aussitôt le ton :

« Tu m'accuses d'être un voleur ? »

Thomas, matois :

« Mais non, voyons : simple distraction !

— Tu t'es fait avoir par ce jujube !

— ... ? »

Christophe, rigolard :

« C'est mon père qui appelle les Blacks comme ça. Tu sais, le coup de la monnaie, ils le font à tout le monde ! Il y a des commerçants qui marchent, mais pas nous ! Papa dit qu'en Afrique, l'arnaque s'apprend dès le berceau ! »

De l'autre bout de la salle, une voix interpelle Christophe :

« Un problème, fiston ?

— Non, non, je cause avec un copain ! » Tout doucement, à Thomas : « Fais gaffe, il a tendance à cogner ! »

Thomas en a assez entendu.

« Je vois d'où vient ton argent de poche ! » jette-t-il en partant.

Et après avoir filé cinq balles à Riri (sans en préciser la provenance), il reprend le chemin du square. Pourvu que les Zoulous soient encore là !

20

« Nous sommes bien d'accord ? reprend Cas Social. Thomas fait ami-ami avec Christophe et Bouboule, et nous les ramène à cinq heures dans le chantier de la poste. Nous, on s'occupe du reste.

— Ça veut dire quoi "s'occuper du reste" ? demande le Grand Bleu.

— T'inquiète, on ne les abîmera pas ! ricane Mourad. On leur fichera la trouille de leur vie, et basta. »

L'Édenté glousse bêtement :

« Et on fe remplira les fouilles ! »

Ignorant ces simagrées, Thomas se tourne vers Frankie :

« Ta parole qu'il ne leur arrivera rien, sinon je ne marche pas », exige-t-il.

L'autre la lui donne sans se faire prier.

« Je veux simplement qu'ils aient une bonne leçon, précise le Grand Bleu. Le racisme, je sais ce que c'est : séropos, Blacks, Arabes, pédés, nous sommes tous dans le même sac. Ça me met en rogne, O.K., mais de là à les "dérouiller"...

— Eux n'hésitent pas, pourtant ! proteste Mourad. Le patron du troquet, il a un nerf de bœuf sous le comptoir. Mes copains beurs en ont déjà tâté !

— Raison de plus pour ne pas faire comme lui : tu aimerais ressembler à ce type ?

— Rassure-toi, on n'en veut qu'à leur pognon, répète Frankie, on n'est pas des assassins !

— Juré ?

— Juré ! Allez, vous autres, tendez la main droite et crachez par terre !

— J'espère que je peux vous faire confiance... », murmure le Grand Bleu.

La patience et Cas Social n'ont jamais fait bon ménage.

« Dis donc, mec, tu ne serais pas en train de te dégonfler ? rugit-il. Tout le projet repose sur toi :

t'es le seul qui peut amadouer les "pigeons". Nous, on a trop mauvaise réputation. Tandis que toi !

— Quoi, moi ?

— Les malades, personne ne s'en méfie ! » rigole Frankie.

Venant d'un autre, cette réflexion eût ulcéré Thomas. Dans la bouche de Frankie, elle ne fait que refléter l'opinion générale, qu'il se défend de partager.

« O.K., O.K. ! » répond le Grand Bleu plein de réticences.

Tandis qu'ils complotent, une ombre que personne n'a remarquée, glisse furtivement derrière un buisson et se hâte vers la bibliothèque. Entre ses omoplates, une longue natte se balance au rythme de sa course.

« Christophe ! » appelle Thomas à contrecœur, durant la récréation du lendemain.

Flatté qu'un « quatrième » s'adresse à lui, mais ne voulant surtout pas le montrer, le gamin s'avance d'un pas traînant.

« Tiens ? Le défenseur de jujube ! Qu'est-ce que tu me veux encore ? »

Thomas tourne sept fois sa langue dans sa bouche : le bobard qu'il prépare a du mal à sortir.

« T'avais raison, hier, finit-il par mentir. Riri se moquait de moi et j'ai failli marcher. J'ai bien envie de lui faire passer le goût des blagues, à ce petit moricaud ! Et je sais comment ! Tu viens avec moi ?

— Où ça ?

— Dans le terrain vague du chantier de la poste.

— Pour quoi faire ?

— Les ouvriers ont construit une cabane en planches dont ils ne se servent plus. Riri, Fifi et Loulou y jouent tout le temps. Si on la démolit, ils auront une drôle de surprise ! »

L'idée enchante Christophe. Avec un brin d'anxiété, néanmoins :

« Faut être sûr qu'il n'y a personne, j'ai pas envie de me faire prendre !

— Tout est prévu : les ouvriers s'en vont à cinq heures et les gosses ne viennent qu'après leurs devoirs, vers six heures moins le quart. On a une grosse demi-heure devant nous. Après, on se cache et on observe. Leur tête quand ils découvriront la casse !

— Génial ! Qu'est-ce qu'on va se marrer ! Mon copain peut venir avec nous ?

— D'accord, mais tu n'en parles à personne d'autre ! »

« Je me déteste, je me déteste, je me déteste ! » rumine le Grand Bleu en regardant Christophe rejoindre Bouboule. Le rôle qu'il vient de jouer lui donne envie de vomir. Dans quel engrenage vient-il de mettre le doigt ?

« Et si je laissais tout tomber ? »

Sur le point de se raviser, il regarde s'esclaffer les deux autres. Une certaine cruauté dans leur rire le retient.

« Après tout, tant pis pour eux ! ronchonne-t-il. Ils n'auront que ce qu'ils méritent ! »

21

Cinq heures. Le soleil, sphère parfaite d'un rouge orangé, se couche derrière le square, strié par le dessin tourmenté des branchages. Toutes les feuilles sont tombées ; les arbres ont l'air de grands perchoirs dressés vers le ciel, où se regroupent frileusement les oiseaux. Les brumes d'un crépuscule d'hiver enveloppent choses et gens dans un coton grisâtre qu'effiloche la proximité des devantures éclairées.

Trois silhouettes se hâtent en direction de la poste. Depuis quelques mois, la municipalité agrandit le bâtiment et le dote d'un espace vert. Ce dernier, non encore aménagé, est séparé de la rue par une palissade.

« Il y a un passage ici », dit le Grand Bleu, pilotant ses compagnons.

Le terrain vague est encombré de matériaux, de bennes et d'outillage divers. À l'entrée se dresse une grue gigantesque.

« Où est-elle, cette cabane ? piaffe Christophe.

— Ici ! » répond quelqu'un.

Avant que les deux gamins n'aient le temps de réaliser ce qui leur arrive, Mourad et l'Édenté leur tombent dessus, les maîtrisent et leur fourrent les mains sur la bouche en guise de bâillons.

Puis Cas Social s'avance, sa cigarette au bec.

Il se plante devant ses otages :

« Beau travail ! admire-t-il. Alors, les mioches, on ne dit pas bonsoir ? »

Il rit. Ses sbires en font autant. Terrifiés, Christophe et Bouboule tentent de se débattre. Peine perdue : des poignes solides les maintiennent.

« On se calme, petits, ou je deviens méchant ! » dit Cas Social, mielleux.

Mine de rien, il joue avec son Opinel. Les deux gamins frémissent. Le coucher de soleil fait flamboyer la lame.

Bouboule se met à pleurer.

« Rengaine ce couteau, intervient le Grand Bleu. C'était pas prévu au contrat.

— T'occupe, j'ai mes méthodes ! répond l'autre en crachant son mégot.

— T'as lu trop de séries noires, Frankie ! crâne le Grand Bleu qui commence à flipper.

— Tais-toi et regarde bosser les grands », lui est-il répondu.

Cas Social dirige sa lame vers le nez de Christophe, qui dépasse de la main de Mourad. L'enfant pousse un cri étouffé.

« File-moi ton fric si tu ne veux pas que je t'agrandisse les narines ! »

L'enfant hoche la tête de haut en bas, les yeux pleins d'épouvante.

« Si tu cries, gare à ton tarin ! Lâche-le, Mourad. »

Mourad desserre son étreinte.

« Essaie pas de nous fausser compagnie, hein ! » prévient-il néanmoins sa victime.

Christophe en est bien incapable : il tremble trop. Ses jambes le soutiennent à peine.

« Par ici la monnaie ! » insiste Cas Social.

Le gamin s'exécute.

« Vingt, trente, et un billet de cinquante... Quatre-vingts francs et des poussières, pas mal ! apprécie Cas Social. Demain, j'en veux le double.

— Mais..., bafouille Christophe, mais... je les ai pas !

— Tu les trouveras ! Dans la caisse de papa, par exemple !

— C'est pas possible... C'est pas possible..., bégaie Christophe.

— Pas de discussion ou je te taille les oreilles en pointe ! Et si tu dis un mot de ce qui s'est passé ce soir, couic !

— Couic ? »

Grimace abominable de Frankie, qui passe son Opinel sur sa gorge, langue sortie et œil exorbité :

« Couic ! »

Christophe fait peine à voir : il semble sur le point de s'évanouir. Quant à Bouboule, son visage rondouillard est carrément décomposé.

« À toi, maintenant ! lui dit Frankie.

— Maman, braille le gamin.

— Au lieu d'appeler ta mère, vide tes poches !

— J'ai... rien... sur... moi... », hoquette Bouboule.

L'Édenté l'attrape par les pieds, le retourne la tête en bas. Puis secoue. « Dingueling ! » font les pièces en tombant.

Frankie pousse un grognement féroce :

« Regardez-moi ce vilain menteur ! Je vais lui décorer les fesses, moi ! Remets-le à l'endroit, Jojo !

— Non ! » hurle le gosse cramponné à son pantalon.

C'est plus que n'en peut supporter le Grand Bleu :

« Ça suffit, maintenant, laissez ces mômes tranquilles ou c'est moi qui vais me fâcher !

— Pas la peine, on s'en charge », fait une voix derrière eux.

Et Laurence apparaît, encadrée par le principal et M. Giraudeau.

Les suites ne se font pas attendre : le lendemain à la première heure, Thomas et ses parents sont convoqués au collège.

« Comment un garçon intelligent et mûr comme vous a-t-il pu se laisser embarquer dans cette affaire sordide ? » demande le principal.

Le Grand Bleu ne répond pas. Il s'attend au pire. L'explication avec ses parents – avertis la veille au soir par un coup de fil de M. Giraudeau – a été orageuse. Il a fait amende honorable, a tenté d'expliquer ses raisons, puis s'est renfermé dans un profond mutisme.

« Il faut l'excuser, dit Irène, je suis certaine qu'il a été entraîné par sa sympathie pour le meneur.

— Il choisit bien mal ses amis ! » À Thomas : « La délinquance vous tente, jeune homme ? »

Le masque de Thomas est impénétrable. Rien n'y transparaît : ni remords, ni regrets, ni insolence, ni même provocation. Du vide seulement.

« Notre fils a subi de grandes remises en question, depuis la rentrée, dit son père. Il se débat avec des doutes et des angoisses qui ne sont pas de son âge. Ses jugements s'en ressentent.

— J'en ai conscience, et c'est pour cette raison que je vais lui laisser une chance. »

Cri d'espoir d'Irène :

« Vous le gardez ?

— Je veux bien faire une nouvelle tentative. Souhaitons que cet enfant s'en montre digne ! »

Du coup, le Grand Bleu dresse l'oreille :

« Et les autres ? s'informe-t-il.

— Vous voulez parler de vos complices, je suppose ? Leur sort est moins enviable que le vôtre : ils sont renvoyés du lycée. Mlle Laurence, qui nous a avertis de ce qui se tramait, s'est opposée à l'intervention de la police. Personnellement, j'étais pour, mais c'est au principal du collège d'en juger. De toute façon il y aura des suites : les parents des victimes vont sûrement porter plainte. »

Thomas tousse pour s'éclaircir la voix :

« Pourquoi eux et pas moi ? »

Le principal lève les sourcils, qu'il a broussailleux et touffus :

« Pardon ?

— Je veux savoir pour quelle raison on ne me traite pas comme les autres, je suis aussi coupable qu'eux !

— Voyons, Thomas..., s'écrie son père.

— Ces scrupules vous honorent, mon garçon, déclare le principal pris de court. Vous bénéficiez en effet d'un régime de faveur. Je connais vos difficultés, les problèmes de santé qui vous perturbent. J'estime qu'ils vous donnent droit à une indulgence particulière. »

Un sourire presque paternel détend ses traits. Ce que voyant, Thomas se raidit encore plus :

« J'en veux pas, de votre indulgence ! grince-t-il.

— Quel est cet orgueil mal placé ? intervient Irène.

— Au lieu de te rebiffer à contretemps, tu ferais mieux d'être reconnaissant ! renchérit le père que ce comportement sidère.

— Je veux qu'on me traite COMME TOUT LE MONDE ! explose l'adolescent. JE NE SUIS PAS DIFFÉRENT DES AUTRES, à la fin ! »

Un silence consterné succède à son éclat. Imperturbable, la grosse horloge martèle les secondes : tic-tac, tic-tac. Les trois adultes se regardent, bouleversés. Les yeux d'Irène sont trop brillants, le père a son chagrin plaqué sur le visage.

On entend respirer le principal comme un cosmonaute dans son scaphandre. Ce doit être parce qu'il réfléchit.

« Vous n'avez pas à discuter mes décisions, finit-il par répondre. Je souhaite que, jusqu'à la fin de l'année, nous n'ayons plus à nous plaindre de vous. Je passe l'éponge cette fois-ci, mais je sévirai d'autant plus rigoureusement à la prochaine incartade, tenez-vous-le pour dit ! »

22

Onze heures. Thomas ne dort pas. Les yeux grands ouverts dans le noir, il tourne et retourne en tous sens les événements des derniers jours. Culpabilité, dégoût de lui-même et des autres, humiliations successives, incompréhension de son entourage forment un magma nauséabond qui lui remplit le ventre et la poitrine, jusqu'au fond de la gorge. Une vraie benne à ordures !

Lové contre lui, Mickey ronronne à perdre haleine. Côtoyer cette « décharge » ne le perturbe pas, bien au contraire : il semble parfaitement à l'aise. Et on dit que les chats sont intuitifs !

Le Grand Bleu le caresse distraitement :

« Toi au moins, tu t'en fiches de tout ça. Le sida ne te concerne pas. Tu ne fais pas de différence entre moi et les autres... »

Par le rideau entrouvert, un peu de nuit s'insinue. Une nuit urbaine déchiquetée par la lueur blafarde des réverbères ; la même pour tout le monde. Bien portants et malades, heureux et malheureux, délinquants et honnêtes gens sont égaux devant le sommeil.

« Que fait Elsa en ce moment ? Roulée en boule entre ses draps, elle voyage au fond d'elle-même. Elle rêve. De quoi, de qui ? Pas de moi, je l'ai trop déçue.

« Et Mélanie, et Xavier, et les Zoulous ?

« Les Zoulous doivent faire des cauchemars avec tout ce qui leur tombe dessus. Faut avouer qu'ils ne l'ont pas volé.

« Que NOUS ne l'avons pas volé. »

Ce sentiment d'injustice à nouveau, obsédant, lancinant comme une plaie. D'injustice et de déshonneur.

« Les représailles ont déjà commencé. Hier soir, Mourad a pris la raclée de sa vie, je l'ai entendu brailler en passant devant la loge. Frankie est bon pour le centre de redressement, si les parents des gosses portent plainte. Jojo idem.

« Et moi ?

« On ne punit pas un malade, la nature s'en charge.

« Le principal dort du sommeil du juste. Il est en paix avec lui-même : il a fait preuve de clémence. On ne punit pas un malade. À quoi bon ?

« Cas Social avait raison : personne n'a peur de moi. Je suis un être faible, fragile, une petite chose chétive qu'on réconforte ou dont on se moque, au choix, mais de laquelle on ne redoute rien. »

Le Grand Bleu s'agite dans son lit. Il transpire, rejette ses couvertures. Dérangé, Mickey miaule, s'étire, change de place. S'installe sur la carpette, dans le rayon de lune. Tandis qu'il se rendort, sa fourrure miroite.

« Une petite chose chétive... »

Quand il était gamin, Thomas voulait être Batman, Flash Gordon, Indiana Jones !

« Une petite chose chétive promise à l'hôpital... Veinards de Zoulous qui, eux, ne risquent que la taule ! »

Un accès de révolte envahit le Grand Bleu, une tornade morale qui le secoue de la tête aux pieds. Il quitte son lit, marche de long en large, bousculant Mickey au passage. De rage, il fait craquer ses phalanges une à une.

« Non, je ne suis pas chétif ! Non, je ne suis pas

fragile ! Je vaux mille fois les Zoulous, les Pieds Nickelés et tous les truands de la terre. Ah, vous avez pitié de moi ? Ah, vous me méprisez ? Eh bien, vous allez voir : je vous prouverai de quoi je suis capable ! »

Il s'approche de la fenêtre, contemple la cité déserte. Vue d'en haut, elle paraît calme et familière, mais ce n'est qu'un trompe-l'œil. Dans les zones d'ombre, les porches, les hangars, les parkings, n'importe quoi peut se perpétrer : des agressions, des crimes, des vols.

Thomas frissonne, aiguise son regard. Que cache cette paix truquée ?

Le monde se divise en deux catégories : ceux qui craignent l'obscurité et se terrent chez eux dès la tombée du jour, et les seigneurs de la nuit, que protège la pénombre complice.

« Je vous prouverai de quoi je suis capable ! »

Son jean et son pull gisent en tas dans un coin. Les enfiler ne prend pas trente secondes.

Dehors, il fait glacé. Thomas remonte son col roulé au-dessus de sa bouche, et souffle dedans. Un vieux truc de campeur pour réchauffer les sacs de couchage en hiver. Puis il se met à courir.

Il sait exactement où il va. Une volonté farouche guide ses pas, détermine chacun de ses gestes. « Ils vont voir, ils vont voir ! » Comme ces jouets à roulettes que les gosses traînent derrière eux et qui émettent indéfiniment les trois mêmes notes, son cerveau ressasse, avec une régularité obsédante, la petite phrase vengeresse : « Ils vont voir, voir, vont voir voir... »

Au pas de course, il contourne l'aire de jeux, dépasse la pelouse garnie de bancs rustiques, fonce vers le bâtiment C. À mi-chemin se trouve l'escalier menant les piétons au parking souterrain. Il s'y engouffre.

Le lieu est tellement sinistre qu'en débouchant au premier niveau, sur l'immense plate-forme qu'une veilleuse éclaire chichement, il a quelques secondes d'hésitation. Béton brut, voitures alignées à perte de vue, plafonds si bas qu'ils semblent conçus pour des reptiles plutôt que pour des bipèdes...

De jour, déjà, ce n'est pas drôle, comme ambiance. Mais de nuit, brrr...

Pas question de se dégonfler si près du but ! Le Grand Bleu se ressaisit, emprunte l'allée centrale. Ses pas résonnent étrangement : tip tap, tip tap. Le petit martèlement emplit l'espace, s'y répercute, lugubre. Dès qu'il s'arrête, la chape de silence retombe.

Tip tap, tip tap. Silence. Tip tap, tip tap. Silence. Et voilà les battements cardiaques qui s'en mêlent, rythme de contrebasse : tip tap doug doug, tip tap doug doug. « Ils vont voir, ils vont voir », serine la petite phrase, lancinante ritournelle qui s'amplifie, s'amplifie, devient fracas, vertige assourdissant.

« Ma tête va éclater si je ne me calme pas tout de suite ! » se dit Thomas.

Un effort de volonté : il se maîtrise.

Il est temps de passer aux choses sérieuses !

Le Grand Bleu s'approche d'une voiture, la première venue, tente d'ouvrir la portière. Celle-ci résiste.

« Fermée. Essayons une autre. »

Fermée également. Les locataires de la cité des Alouettes se méfient des voleurs. Espérons qu'il y ait quand même un distrait parmi eux !

Une autre, une autre encore, sans plus de résultat. Thomas est sur le point de se décourager quand : « Ah ! Enfin ! ». Le passager d'une BMW rouge a oublié de baisser son cran de sûreté. Chance !

L'adolescent lance un ultime regard aux alentours – précaution superflue mais on ne sait jamais, des fois que le gardien rôde dans les parages ! – et s'y introduit. Son cœur, maintenant, bat si fort que ses chocs saccadés l'ébranlent tout entier. Sa main tremble par à-coups et il a des fourmis jusqu'au bout des orteils.

Il consulte le tableau de bord. Double chance : il y a une autoradio.

« Bon, comment déboulonne-t-on ce machin ? Les pros font ça en un tournemain, paraît qu'ils ne mettent pas plus de deux minutes. Mais lorsque c'est la première fois, et qu'en plus, il fait sombre... »

Triple chance : un briquet traîne dans le vide-poches.

« Je suis verni ! » apprécie Thomas.

Il l'allume, l'approche de l'objet convoité. Une vis ici, une autre là... Il suffit de les retirer, ce n'est pas bien sorcier. « Où ai-je fourré mon couteau suisse ? »

« Ils vont voir, ils vont voir ! » Les mauviettes ne piquent pas d'autoradios ! Les Batman, les Flash Gordon, les Indiana Jones si, quand leur réputation est en jeu !

Il s'active, en oublie sa peur. Soudain, en plein travail :

« Qu'est-ce que c'est que ce bruit ? »

Aïe, quelqu'un ! Thomas éteint son briquet, dresse l'oreille. Des voix étouffées lui parviennent.

Il se ratatine sur son siège.

En se rapprochant, les voix s'éclaircissent.

« T'es sûr que c'est par là ?

— Mais oui, je te dis. D'ailleurs, regarde, sa place est vide. »

Deux silhouettes marchent rapidement, longent la BMW, la dépassent sans en remarquer l'occupant.

« J'espère qu'elle ne va pas tarder !

— T'inquiète : elle rentre toujours avant minuit. »

Est-ce une hallucination ? Frankie et Mourad !

Du côté de l'entrée, quelqu'un braille :

« Attendez-moi, les gars ! »

C'est l'Édenté, qui arrive ventre à terre, complètement essoufflé.

« Ah, te voilà, toi ! En retard, comme d'habitude ! lui jette aigrement Cas Social.

— F'est pas ma faute : il a fallu que v'attende que ma mère foit coufée pour partir ! »

Le Grand Bleu les suit des yeux avec perplexité :

« Qu'est-ce que ça signifie ? Que fabriquent ces trois-là, ici, à cette heure ? »

Sa première réaction est de les rejoindre et de le leur demander, mais quelque chose le retient. Une sorte d'intuition. Il reste donc caché, aux aguets, et observe.

« Pas la peine d'en faire un plat : de toute fafon, elle est pas encore là !

— Elle va arriver d'un instant à l'autre : tous les

mardis soir elle va au ciné avec son frangin et rentre juste après.

— J'espère pour toi que tu ne nous plantes pas ! » grogne Cas Social.

À son tour, Mourad perd patience :

« Tu m'énerves, à la fin ! Tu me prends pour un jeanfoutre ? Moi aussi, j'ai des comptes à régler avec elle, je te signale ! La dérouille que j'ai prise, elle va la payer cher ! T'as vu mes doigts ? Mon père m'a fouetté au sang, et comme j'ai voulu protéger mes fesses, mes mains ont tout pris.

— La vache ! dit Cas Social, y y a plus de peau ! T'es boursouflé comme un boxeur !

— Pire, rectifie l'Édenté : les bocfeurs ont des gants, au moins !

— Écoutez ! » fait soudain Mourad.

Ronflement de moteur, ténu d'abord, puis plus sonore. Une voiture vient de descendre dans le parking.

« Je parie que c'est elle ! Planquez-vous ! »

Sitôt dit, sitôt fait : ils s'embusquent derrière une camionnette, à quelques mètres à peine de la BMW.

« Pourvu qu'elle foit feule, chuchote l'Édenté.

— Te fais pas de mouron, elle raccompagne toujours le pédé avant. »

Des phares trouent la demi-obscurité, et la 4L de Laurence apparaît. Elle remonte l'allée en direction de sa place, manœuvre, se gare. Puis les phares s'éteignent et la jeune femme s'extirpe du véhicule.

Elle se retrouve nez à nez avec les Zoulous.

« Qu'est-ce que vous faites là ? » s'étonne-t-elle.

Sans répondre, ils l'entourent. On dirait une meute de loups cernant une proie.

Laurence les regarde tour à tour. Elle est d'un calme exceptionnel. En elle, ce doit être l'épouvante intégrale, mais elle ne le montre pas.

« Vous voulez quoi exactement ? »

Le cercle se referme encore.

« Vous ne trouvez pas que vous avez fait assez de conneries comme ça ? »

Cas Social ricane. Une moue haineuse déforme sa bouche.

« C'est toi qui as fait une connerie en nous dénonçant, cocotte ! La plus belle connerie de ta vie ! »

Ils sont presque contre elle, et d'un même mouvement sortent un objet de leur poche. Trois Opinel luisent dans l'ombre.

Celui de Frankie se tend lentement, effleure la poitrine de Laurence, remonte jusque sous son menton.

« On est moins fière, maintenant, hein ! »

Dans la pénombre, Thomas discerne mal les traits de la bibliothécaire. Il les devine blêmes, et crispés jusqu'à la grimace.

« On va bien s'amuser, tous les quatre, poursuit Frankie, imperturbable. Toi tu seras la souris, et nous les chats. Tu as déjà vu jouer un chat, n'est-ce pas ? »

Le rictus du garçon s'accentue.

« Nous allons d'abord t'abîmer un peu, juste histoire que tu gardes quelques belles cicatrices, en souvenir. Qu'en pensez-vous, les gars ? »

Accord unanime. L'Édenté attrape le bras de Laurence, le lui tord dans le dos.

« Et après, après... », poursuit Cas Social.

Un ricanement égrillard lui échappe, chargé d'une menace ignoble.

Les deux autres s'esclaffent en écho. Une bouffée glacée envahit le Grand Bleu : « Ils ne vont tout de même pas... la violer ? »

« On commenfe ? »

L'attitude obscène de l'Édenté ne laisse aucun doute sur ses intentions.

« Laissez-moi ! » crie Laurence d'une voix étranglée.

C'en est trop ! Le Grand Bleu jaillit de sa cachette.

« Arrêtez ! » hurle-t-il.

Et il fonce dans le tas.

Passé l'effet de surprise, les Zoulous réagissent :

« Qu'est-ce qui te prend ? fait Cas Social. T'es du côté des indics, maintenant ?

— Je suis du côté de personne, j'aime pas la violence.

— Il n'aime pas la violence, ce pauvre chéri ! Voyez-vous ça ! » persifle Frankie.

L'expression de son visage est terrible. D'un geste hargneux, il montre la bibliothécaire, qui, vue de près, est d'une pâleur mortelle.

« Cette punaise nous a fichus dans la merde, elle va le payer cher ! Nous allons lui régler son compte une fois pour toutes, que ça te plaise ou non !

— Vous n'allez rien régler du tout, dit le Grand Bleu aussi fermement qu'il le peut. Pas la peine d'aggraver votre cas !

— Écoutez-le, ce collabo, crache Mourad. Voilà qu'il fait semblant de s'intéresser à nous ! »

Thomas bondit :

« Comment m'as-tu appelé ?

— Collabo ! répète Mourad, le fixant dans les yeux.

— Collabo ! Collabo ! » chantonne l'Édenté.

D'un coup de boule bien placé, Thomas lui défonce l'estomac.

Il s'ensuit une fameuse mêlée !

« Sauve-toi, Laurence ! » souffle le Grand Bleu sous une pluie de coups.

Impossible : Cas Social la maintient solidement, l'Opinel sur la gorge.

Un crochet de l'Édenté atterrit sur la figure de Thomas, lui fend la lèvre en deux. Il riposte, d'un direct dans les côtes. Mourad lui fait une prise par-derrière qui l'étend sur le sol. De tout son poids, l'Édenté se jette sur lui, le plaque à terre.

« Tiens-le pendant que je lui fais sa fête ! » réclame Mourad.

Son poing se lève, prêt à s'abattre. Thomas a juste le temps d'apercevoir, sur ses doigts tuméfiés, les striures du martinet.

Un éclair de lucidité : sa propre lèvre saigne. Si la lutte se poursuit, les écorchures de l'un entreront forcément en contact avec le sang contaminé de l'autre...

« Attention ! s'écrie-t-il, mon sida ! »

Le poing reste suspendu en l'air :

« Quoi, ton sida ?

— Si tu le frappes, tu peux l'attraper ! » intervient Laurence.

Un instant de flottement. Les tensions se relâchent imperceptiblement. Cas Social, désarçonné, se tourne vers ses copains :

« Heu... oui... faites gaffe... »

Mettant à profit son inattention passagère, la bibliothécaire se dégage, le repousse et s'enfuit. Le temps de réaliser, il se lance à sa poursuite. Frankie sur les talons, elle se rue vers la sortie en hurlant : « Au secours ! »

Délaissant aussitôt leur victime, Mourad et Jojo accourent pour prêter main-forte à leur chef. Libéré, Thomas saute sur ses pieds et les suit. Laurence pourrait encore avoir besoin de lui !

Chasse effrénée dans la demi-obscurité.

« Attrapez-la ! » gueule Cas Social, tentant de la coincer en zigzaguant entre les bagnoles.

Par bonheur, le gibier est agile, chaussé de tennis, et sportif. Et surtout, il a de la voix ! Sur le point d'être rejointe, Laurence s'engage dans l'escalier menant à l'extérieur en criant de plus belle.

« Au secours ! Au secours !

— Elle va ameuter toute la cité ! » s'effare Mourad.

Devant ce dénouement imprévu, Frankie tergiverse un moment.

« Pourvu qu'il abandonne la partie », espère Thomas qui s'est caché un peu plus loin.

Maintenant que la bibliothécaire est tirée d'affaire, c'est contre lui que risquent de se retourner les Zoulous. Et ils lui feront payer cher leur échec, sida ou pas !

Mais Frankie préfère sauver sa peau plutôt que se venger.

« Fichons le camp, les gars, c'est raté ! » décrète-t-il à regret.

Et, sortant en catimini du parking, les trois chenapans s'égaillent dans la nature, tandis que les volets s'ouvrent un à un.

23

Mercredi matin.

« Je vais prendre l'air ! » dit Thomas qui n'a quasiment pas dormi.

En arrivant dans l'ascenseur, il commence par tourner le dos au miroir, histoire de ne pas voir sa sale tête. Il faut dire qu'avec sa lèvre gonflée, il est vraiment affreux. Malgré la pommade à l'arnica qu'Irène a étalée dessus, on dirait un bec de canard.

Mais au moment de sortir, il y jette néanmoins un coup d'œil machinal.

Au beau milieu de la glace s'étale un message gigantesque, écrit au feutre vert.

« La voisine du huitième exagère ! Son copain devient myope ou quoi ?

« *"RDV 10 H Sq JV. Lza"*

« *Mais... "Rendez-vous à 10 heures Square Jules-Vallès. Signé Elsa".* »

Une bouffée de chaleur embrase le Grand Bleu. Il consulte sa montre : 10 heures moins cinq.

« J'ai à peine le temps ! »

Elle l'attend, assise sur le banc. Toute seule et toute petite. La bise de novembre tourmente sa mèche blonde et gonfle la grosse écharpe emberlificotée autour de son cou.

Dès qu'il apparaît, elle saute sur ses pieds et vole à sa rencontre. Sans rien dire, il ouvre les bras. Elle s'y jette.

« Laurence m'a tout raconté. Tu es le type le plus courageux que je connaisse ! »

Elle lève la tête, leurs regards se rencontrent.

« Elle a eu une sacrée chance que tu sois là ! Au fait... que faisais-tu dans le parking au milieu de la nuit ? »

Le Grand Bleu hausse évasivement les épaules :

« Rien de bien intéressant... »

Son embarras n'échappe pas à l'adolescente qui, intriguée, le repousse légèrement.

« Allez, dis-le-moi ! »

Plus elle insiste et plus il se contracte. À travers

les fils de sa frange, elle lui lance un regard soupçonneux :

« J'ai pas le droit de savoir ? T'étais... avec une fille ? »

Il a perçu le frémissement d'inquiétude, s'empresse de la rassurer.

« Ce n'est pas ce que tu crois, lui murmure-t-il dans les cheveux. J'ai failli faire une grosse bêtise...

— Vraiment grosse ?

— Vraiment grosse ! »

Il se penche à son oreille, se confesse tout bas. Les yeux d'Elsa s'arrondissent. Vraiment grosse, en effet.

« Heureusement que Laurence est arrivée à temps ! s'exclame-t-elle.

— Laurence arrive TOUJOURS à temps pour arranger les choses... »

Il essaie de sourire mais n'y arrive pas, à cause de sa lèvre.

« Ils t'ont bien amoché, dis donc, ces saligauds ! »

Elle passe un doigt tout doux tout doux sur la blessure en murmurant : « Mon pauvre Thomas... »

Il a un mouvement de recul, fronce les sourcils. Mais dans les prunelles qui le fixent, ce n'est pas de la pitié qu'il lit, oh non ! C'est une grande, une très grande admiration.

« Qu'est-ce que tu me plais comme ça, gazouille Elsa. T'as une vraie tête de héros ! »

Gudule

Anne Karali, dite Gudule, est née à Bruxelles en 1945. Après des études d'arts déco en Belgique, elle passe cinq ans comme journaliste au Moyen-Orient. Revenue en France, elle collabore à divers magazines et fait de la radio, animant notamment une émission sur la bande dessinée. Depuis quelques années, elle s'est tournée vers l'écriture. Elle a écrit pour les enfants plusieurs albums et récits qui traitent de manière légère et drôle des sujets graves et d'actualité, comme le sida (*La vie à reculons*), les S.D.F. (*L'envers du décor*) ou le racisme (*L'immigré*). Mais elle explore également avec bonheur la veine fantastique comme dans *La bibliothécaire* ou *Le jour où Marion est devenue un lapin. Barbès Blues*, paru en 2001 au Livre de Poche Jeunesse explore, lui, le genre du polar... L'œuvre de Gudule, adorée des jeunes lecteurs, est couronnée de nombreux prix.

Composition JOUVE - 53100 Mayenne
N° 293660c
Imprimé en Italie par G. Canale & C. S.p.A. - Borgaro T.se (Turin)
Janvier 2006 - Dépôt éditeur n° 67954
32.10.1866.6/07 - ISBN : 2.01.32.1866.4
Loi n° 49-956 du 16 juillet 1949 sur les publications destinées à la jeunesse
Dépôt légal : janvier 2006